Geschichten aus dem Alexandria Inn

AF402920

Geschichten aus dem ALEXANDRIA INN

Anthologie

FSC
www.fsc.org
MIX
Papier aus ver-
antwortungsvollen
Quellen
Paper from
responsible sources
FSC® C105338

Bibliografische Information der Deutschen Nationalbibliothek:
Die Deutsche Nationalbibliothek verzeichnet diese Publikation
in der Deutschen Nationalbibliografie; detaillierte bibliografische
Daten sind im Internet über dnb.dnb.de abrufbar.

Autor*innen: Vik Kutter, Alissa Kenyon, Patrick Huber,
Martina Nitsche, Sarah O'Lange, Patrick F. H. Stolze,
Christopher Baumann, Odine Raven

Buchsatz und Umschlaggestaltung: Natalia Löffler
Umschlagfoto: Lucian Alexe

TWENTYSIX
Eine Marke der Books on Demand GmbH
Herstellung und Verlag:
BoD – Books on Demand, Norderstedt

ISBN: 978-3-7407-8678-6

Die Rechte der einzelnen Geschichten verbleiben
bei den jeweiligen Autor*innen. Diese sind auch jeweils
verantwortlich für den Inhalt ihrer Geschichte.

VIK KUTTER

Unerwartete Ergebnisse

»SCHÖNEN ABEND, DR. MARTICZEK!«

Das Geräusch sich entfernender Schritte erklang wie üblich so rasch, dass es unmöglich war, den Gruß zu erwidern. Alle Leute hier im Labor verhielten sich Sascha gegenüber so: höflich während der Arbeitszeit, aber absolut desinteressiert, sobald diese endete.

Mit einem Seufzen stand Sascha auf, zog den Laborkittel aus und ging ins Büro hinüber. Auch dort befand sich niemand mehr. Es schien eine seltsame Eigenheit der Leute aus Paris zu sein, ihre Freizeit vorwiegend mit Personen zu verbringen, die mindestens seit der Schulzeit zu ihrem Freundeskreis gehörten.

Der stille Raum war dunkel. Nur ein einziger Computer wartete noch darauf, benutzt zu werden, und beleuchtete mit seinem Bildschirm die drei Stühle und Rollcontainer in der beengten Umgebung des Schreibtischs. Es war erst 18 Uhr – für einen Augenblick war Sascha versucht, sich an die Analyse der gemessenen Zellzahlen zu setzen. Es war ja nicht so, dass an diesem Abend noch eine Verabredung anstand, warum die Zeit nicht sinnvoll nutzen, so wie die letzten Tage auch?

Doch dann flackerte Widerstand gegen diesen Gedanken auf. Es war langweilig, jeden Abend im Labor oder einsam in der eigenen Wohnung zu verbringen. Es war an der Zeit, Bekanntschaften zu machen! Entschlossen setzte sich Sascha an den Computer, öffnete einen Stadtplan und suchte nach einer Bar, einem Café oder etwas anderem, wo man Leute kennenlernen könnte.

Auf dem Weg zwischen dem Institut und der *Cité Internationale Universitaire*, in der Sascha für ein Jahr ein kleines Appartement gemietet hatte, zeigte die Karte drei Möglichkeiten. Alle drei waren ungefähr gleich gut bewertet, doch eines der Lokale lockte mit seinem Namen, der nach Geschichten und Reisenden aus allen Teilen der Welt klang: das Alexandria Inn.

Mit einem Lächeln auf den Lippen fuhr Sascha den Computer herunter. Es war ein gutes Gefühl, endlich etwas gegen die Einsamkeit in der Fremde zu unternehmen. Mal sehen, ob das Lokal hielt, was der Name suggerierte.

DAS ALEXANDRIA INN WAR kein Restaurant, sondern eine Brasserie, also eine Art Bar, in der es auch kleine Gerichte gab. Wie in Paris üblich, war das Lokal in einen Raum gezwängt, der für Menschen, die nicht aus dieser Stadt stammten, viel zu klein erschien. Die Möbel standen unglaublich dicht beieinander: Um zur Toilette zu gehen, musste man alle anderen am Tisch bitten, aufzustehen. An den holzvertäfelten Wänden prangten gerahmte Fotos und Skizzen, die das Gebäude sowie seine nähere Umgebung im Wandel der Zeit zeigten. Von der hohen Decke hingen an langen Seilen Lampen herab, die zumindest den Eindruck erweckten, handgeschmiedet zu sein, und eine Seite des Raums wurde von einem dunkel lackierten Tresen beherrscht. Ganz französisch hatte man nicht nur auf die Auswahl, sondern auch auf die Präsentation der verschiedenen Spirituosen viel Wert gelegt: Spiegel und geschickt angebrachte, indirekte Beleuchtung setzten die verschiedenen Flaschen attraktiv in Szene.

Sascha durchquerte mit wenigen Schritten den bereits gut besuchten Gastraum und stieg die Stufe hinauf, die die Tische an der hinteren Wand ein kleines Stück von den übrigen im Raum abhob. Hier war es perfekt: Zwar sehnte Sascha sich nach der Gesellschaft anderer Menschen, doch die räumliche Erhöhung sowie die niedrigen, mit Kerzenhaltern und anderem Nippes dekorierten Trennwände erzeugten den Eindruck, die übrigen Personen aus dem Schutz der Privatsphäre heraus mustern zu können. Französisch war schwierig und noch wagte Sascha es nicht, jemanden in dieser Sprache direkt anzusprechen.

Der Tisch war eine gute Wahl. Das hier typische belgische Bier, dazu ein »*Croque-monsieur*« – ein überall angebotenes warmes

Sandwich mit Käse und Schinken – sowie die Beobachtung der vielen interessanten Leute, die das Lokal betraten und wieder verließen, erzeugten endlich das ersehnte Feierabendgefühl und ließen Sascha entspannen. Der Ort wirkte auf seltsame Weise heimelig. Hier würde es sicherlich möglich sein, irgendwann jemanden kennenzulernen.

* * *

»*BONSOIR, SASCHA!*«

Sascha besuchte inzwischen seit einigen Wochen jeden Abend die Brasserie und hatte sich ein wenig mit dem Barkeeper Jean-Claude angefreundet, einem stets gut gelaunten Mittvierziger mit perfekt gepflegtem Dalí-Bart, der sich sofort nach dem Gruß daran machte, mit breitem Lächeln und einem einladenden Zwinkern das übliche belgische Bier einzuschenken. Als er mit diesem Verhalten anfing, hatte Sascha angenommen, der Mann wolle flirten, doch es stellte sich heraus, dass Jean-Claude so seine Stammgäste begrüßte. Zwar aß Sascha nicht jeden Abend im Alexandria Inn, doch das Gläschen zum Feierabend sowie die Lektüre des Figaro am äußersten Tisch auf der niedrigen Empore waren inzwischen lieb gewonnene Gewohnheiten.

Sascha zahlte, setzte sich mit Bier und Zeitung zufrieden auf den üblichen Platz und ließ den Blick über die Gästeschar schweifen. Neben Studierenden und an Instituten kurzzeitig Angestellten, die wie Sascha in der *Cité U* wohnten, fanden sich hier auch viele Einheimische ein, die sich nach der Arbeit verabredeten und Nachbarschaftsgerüchte sowie Neuigkeiten über Politik, Film, Fußball und Rugby austauschten. Zwar hatte Sascha sich immer noch nicht getraut, jemanden anzusprechen und sich an einem Gespräch zu beteiligen, doch schon das Zuhören und die Lektüre der Tageszeitung halfen dabei, das Vertrauen in die eigenen Sprachkenntnisse zu stärken. Natürlich war es unhöflich, fremden Unterhaltungen zu lauschen, aber die Tatsache, dass immer weniger der französischen Wörter unbekannt waren, machten Sascha stolz.

»… diesen Stuhl?«

Sascha schreckte aus den Gedanken auf und starrte verwirrt die höflich lächelnde Frau an. Sie gehörte zu einer Gruppe, die sich jeden Montag und Mittwoch hier zum Abendessen traf. Aber was hatte sie gesagt? Sascha musste nachfragen.

»*Pardon?*«

»Ich erwarte noch jemand anderweitig. Brauchen Sie diesen Stuhl oder ein wenig ich ihn nehmen?«

Der Kontext half. Diesmal verstand Sascha die Frage vollständig, obwohl einige Vokabeln sicherlich noch nicht ganz korrekt waren. »Sie können sie gerne haben.« War das jetzt alles richtig gewesen? So spontan, ohne vorher viel über die Wahl der Worte nachdenken zu können? Doch die Sorge war unbegründet: Mit einem herzlichen »*Merci*« nahm sich die freundliche Frau den Stuhl und trug ihn zum Nachbartisch hinüber.

DER AUSTAUSCH LIESS SASCHA nicht los. Das kurze Gespräch war eigentlich recht reibungslos verlaufen, wenn man vom Beginn absah. Vielleicht war ja heute der Tag, jemanden aktiv anzusprechen? Zum Beispiel die nette junge Frau?

Immer wieder ließ Sascha die Zeitung ein wenig sinken, um einen Blick zum Nachbartisch hinüberzuwerfen. Dort saßen inzwischen die üblichen vier Personen: Die Frau, die den Stuhl geholt hatte und von der nur der Rücken und die langen braunen Haare zu sehen waren, ein Mann mittleren Alters, dessen Dreitagebart ihm etwas Verwegen-Attraktives verlieh, eine grauhaarige, großmütterlich wirkende Dame und ein junger Mann, der vermutlich noch zur Schule ging.

Eine seltsame Gruppe. Verwandt waren diese Personen nicht – Sascha spitzte hin und wieder die Ohren, um trotz der Umgebungsgeräusche ein wenig von der Unterhaltung aufzuschnappen, und hatte bereits bemerkt, dass die vier einander siezten. Falls sie sich gar nicht so gut kannten, wäre das vielleicht eine günstige Gelegenheit, sich vorzustellen – sicherlich einfacher, als es bei einem engen Freundeskreis zu versuchen, oder nicht?

»Er ist wirklich ein großartiger Mann. Immer hilfsbereit, jeder mag ihn und kommt, um ihn um Rat zu bitten«. Die junge Dame, die Sascha so positiv aufgefallen war, erzählte gerade den anderen von einem Bekannten. »Natürlich hat er auch ein paar Schwächen, aber die machen ihn nur sympathisch.«

Die Atmosphäre war entspannt und angenehm. Doch genau in dem Moment, in dem Sascha aufstehen und sich vorstellen wollte, fiel der Satz, der alles veränderte. Die Frau sah sich kurz im Raum um, senkte die Stimme ein wenig und beugte sich ein Stück nach vorne. »Es ist wirklich schade, dass er sterben muss, aber es ist beschlossene Sache. Ich weiß nur noch nicht genau, wie ich ihn umbringen werde.« Sie trank einen Schluck aus ihrem Glas. »Hat jemand von euch eine Idee, wie ich das mache, ohne dass es herauskommt?«

Schockiert blieb Sascha sitzen und verkroch sich wieder hinter der Zeitung. Wollte die junge Frau wirklich jemanden umbringen? Oder war das wieder eins dieser Missverständnisse, die aufgrund der Sprachbarriere und der Geräuschkulisse im Lokal entstanden? Gab es vielleicht ein französisches Wort, das ganz ähnlich klang wie »umbringen«, aber etwas völlig anderes bedeutete? Aber warum dann die Frage, wie man verhindern konnte, dass es herauskam? Das klang dann wieder sehr nach einem Mordplan.

Natürlich war ein zufällig gehörter Satz nicht ausreichend, um bei den Behörden einen Mordverdacht zu melden. Da bedurfte es zahlreicher zusätzlicher Informationen. Also spitzte Sascha die Ohren und bemühte sich, etwas mehr vom leisen Gespräch am Nachbartisch mitzubekommen. Leider vergeblich: In diesem Moment unterbrach das klingelnde Mobiltelefon der Fragestellerin die Unterhaltung und sie verließ nach einem kurzen, in verärgertem Tonfall geführten Telefonat das Lokal. Die übrigen Gruppenmitglieder brachen daraufhin ebenfalls auf.

Erst, als alle vier gegangen waren, wagte Sascha es, die Zeitung beiseitezulegen. Die Atmosphäre im Alexandria Inn wirkte wie immer: Fröhliche Menschen unterhielten sich, scherzten, lachten und feierten miteinander. Niemand hatte etwas vom Gespräch an Saschas Nachbartisch mitbekommen. Niemand ahnte, dass hier Mordpläne geschmiedet wurden!

Aber nein. Je mehr Zeit verging, desto sicherer war Sascha, dass das Ganze ein Irrtum war. Auf eine solche Frage hätten die anderen drei gewiss mit Erstaunen oder Entsetzen reagiert – oder?

DER GERUCH NACH BLÜTEN und feuchter Erde drang durch den Zaun aus dem bereits geschlossenen Park Montsouris, als Sascha nach Hause ging und nachdachte. Schließlich siegte die Neugier: Es war eine Herausforderung, zu erfahren, ob hier ein sprachliches Missverständnis vorlag oder wirklich ein Verbrechen geplant wurde. Es waren daher weitere Besuche im Alexandria Inn erforderlich – bewaffnet mit einer Übersetzungsapp!

* * *

WENIGE TAGE SPÄTER BEENDETE Sascha alle Experimente früh, um noch vor der üblichen Zeit im Alexandria Inn zu sein. Das zahlte sich aus, denn der Nachbartisch war noch leer. Das Smartphone auf dem Oberschenkel balancierend, um jederzeit Notizen machen oder Vokabeln nachschlagen zu können, beobachtete Sascha über den Rand der Zeitung hinweg das Eintreffen der vier Gruppenmitglieder.

Nachdem die Höflichkeiten ausgetauscht waren, unterhielten sie sich zunächst über einen Text, den der junge Mann verfasste. Es sollte um die Gedanken eines Elternpaares gehen, dessen Kind drogenabhängig geworden war. Jean-Louis, so der Name des jungen Mannes, befragte die drei anderen nach ihrer Meinung zu diesem Thema.

Möglichst unauffällig tippte Sascha Informationen in das Smartphone. Zwar war der Inhalt eines Schulaufsatzes nicht von Interesse, doch die Namen und weitere Details zu den vier Personen wurden sorgfältig notiert.

Dann endlich lenkte Marie, die den Mord planende junge Frau, das Gespräch auf ihr Vorhaben. »Das mit den Drogen bringt mich auf eine Idee«, erklärte sie. »Ich hatte die letzten Tage immer wieder überlegt, wie man einen unauffälligen Unfall in Domarils Schmiede arrangieren könnte, aber er muss ja gar nicht gewaltsam sterben.«

»Gifte könnten da eine gute Alternative sein«, stimmte der attraktive Mann, dessen Name Pascal lautete, mit ernstem Nicken zu. »Aber welche nimmt man da am besten?«

Die vier diskutierten noch eine Weile über das Für und Wider diverser Gifte, deren französische Bezeichnungen Sascha möglichst genau aufschrieb. Leider wurden keine weiteren Details zum Opfer genannt und als Marie nach einigen Minuten verkündete, sie werde sich über die Gifte informieren, wechselten die vier das Thema wieder, ohne noch einmal darauf zurückzukommen.

ZU HAUSE SAH SASCHA die Notizen durch. Genügte das, um der Polizei Meldung zu machen? Außer einer Beschreibung der vier Personen standen nur vage Angaben zum geplanten Opfer zur Verfügung: Vorname Domaril, männlich, vermutlich zwischen 25 und 45 Jahren alt, bärtig, von Beruf Schmied. Nun gut, wenigstens Letzteres war heutzutage in Kombination mit dem Namen wohl ein recht gutes Identifikationsmerkmal. Wie viele Schmiede mochte es in Paris geben?

Plötzlich wurde Sascha klar, dass der Ort des geplanten Mordanschlags nie genannt worden war. Die Polizei würde sich also nicht nur auf die Stadt, sondern auf ganz Frankreich oder schlimmstenfalls die ganze Welt konzentrieren müssen! Nein, dafür waren die Angaben viel zu spärlich.

Aber vielleicht könnte ein Hinweis an die Behörden zumindest dazu führen, dass die Personen aus dem Alexandria Inn verhört würden? Möglicherweise offenbarte ein Mitglied der verschworenen Gruppe die Pläne, wenn die Polizei intensiv nachforschte.

Doch was, wenn nicht? Würde der Verdacht der Leute dann nicht sofort auf die Gäste des Alexandria Inn fallen? Möglicherweise war ihnen ja aufgefallen, dass Sascha während ihrer Treffen in diesem Monat immer anwesend gewesen war und bei den letzten beiden sogar direkt am Nachbartisch gesessen hatte. Wurden bei geplanten Morden nicht oft auch Mitwissende aus dem Weg geräumt? Und der gut aussehende Mann hatte, bevor er sich setzte, freundlich in Richtung des Nachbartisches genickt …

Die Erinnerung und die möglichen Folgen ließen Sascha frösteln. Nein, es war definitiv nicht angebracht, sich mit diesen mageren Hinweisen an die Polizei zu wenden.

Dennoch – Untätigkeit war keine Option. Vielleicht war es über die infrage kommenden Gifte möglich, mehr herauszufinden? Was waren das für Substanzen, die vorgeschlagen worden waren?

Obwohl es bereits spät war, recherchierte Sascha noch im Internet. Das Thema war ausgesprochen interessant. Überraschenderweise war der Großteil der genannten Gifte völlig ungeeignet, um zu unauffälligen Todesfällen zu führen: Zyankali ließ das Opfer sehr schnell und mit auffälligem Schaum vor dem Mund sterben und war durch eine schlichte Geruchsprobe am charakteristischen Bittermandelaroma erkennbar. Atropin führte zu sehr spezifischen Symptomen wie erweiterten Pupillen, rasendem Herzschlag, Hautrötungen und Verwirrung. Und Curare, das Gift, das die Ureinwohner Südamerikas für ihre Giftpfeile verwendet hatten, erforderte, dass es durch eine Verletzung in die Blutbahn eindrang.

Maries drei Bekannte kannten sich mit Giften offenbar nicht besonders gut aus. Das würde aber auch sie rasch bemerken, denn die Informationen, die Sascha gesammelt hatte, ließen sich mithilfe von Wikipedia leicht selbst recherchieren. Was würde sich wohl besser eignen?

Fasziniert folgte Sascha Link um Link, las Artikel, Blogbeiträge und wissenschaftliche Publikationen und tauchte immer tiefer in die spannende Welt der Gifte sowie der forensischen Nachweismethoden ein. Heutzutage ließ sich praktisch alles mithilfe von

Massenspektrometrie oder Antikörperschnelltests nachweisen – aber natürlich nur, falls bei der Untersuchung der Verdacht eines unnatürlichen Todes aufkam.

Erst in den frühen Morgenstunden schaltete Sascha den Computer aus und ging ins Bett. Dennoch dauerte es noch lange, bis sich endlich der nötige, wenn auch unruhige Schlaf einstellte. Die Frage aller Fragen spukte hartnäckig durch Saschas Kopf: Was war zu tun?

* * *

TROTZ ALLER ENTSCHLOSSENHEIT KAMEN Sascha beim Betreten der Brasserie wieder Zweifel. War das hier wirklich eine gute Idee? Vielleicht war es doch an der Zeit, die Sache einfach fallenzulassen und sich ein anderes Lokal zu suchen, um jemanden kennenzulernen. Normale Leute, die sich nicht über Mordmethoden unterhielten …

Doch es war schon zu spät. Jetzt umzukehren wäre noch viel auffälliger, als das übliche Getränk zu kaufen und sich an den üblichen Tisch zu setzen. Außerdem wurde Sascha wie alle Forschenden vor allem von einer Kraft im Leben angetrieben: Wissbegierde, dem Drang, auf offene Fragen eine Antwort zu finden, egal, wie diese lauten mochte. Mit deutlich spürbarem Herzklopfen und gesenktem Blick nahm Sascha Platz, trank einen Schluck, schlug die Zeitung auf und lauschte.

Heute dauerte es nicht lange, bis das Thema zur Sprache kam.

»Ihre Ideen sind leider alle nicht umsetzbar«, erklärte Marie mit Bedauern in der Stimme. »Das Hauptproblem ist immer die Beschaffung – wie würde man am Mont Blanc an so etwas Exotisches wie Pfeilgift aus Südamerika kommen?«

Pascal dachte kurz nach, dann lachte er. »Sie könnten die Frage ins Internet stellen!«

Marie sah ihn mit großen Augen an. »Aber nein, mit solch einer Frage würde ich mich lächerlich und möglicherweise sogar verdächtig machen! Außerdem bleibt dazu gar keine Zeit – die

Deadline ist schon dieses Wochenende. Wenn ich bis dahin nicht liefere, war alles umsonst und das Geld geht an jemand anderen.« Sie seufzte bekümmert.

Deadline? Was für ein makaberer Ausdruck für den Tag, bis zu dem der Mord geschehen sein musste! Doch etwas anderes war noch viel wichtiger: Wenn Marie scheiterte, ging der Auftrag an jemand anderen.

Das veränderte die Lage vollkommen. Wenn Sascha den Mord verhindern wollte, genügte es nicht, die Polizei auf Marie hinzuweisen. Es waren viel mehr Informationen nötig, die Namen derer, die für die ganze Aktion bezahlen würden, die Hintergründe, natürlich Domarils Anschrift …

Es gab keinen anderen Weg! Langsam, aber entschlossen senkte Sascha die Zeitung. Die Bewegung erregte Pascals Aufmerksamkeit, und als er Sascha direkt in die Augen sah, drehten auch die anderen sich um und schauten neugierig herüber.

Sascha hatte die Frage sorgfältig im Geiste vorformuliert, sodass sie nun flüssig über die Lippen ging. »Warum wollen Sie ihn überhaupt töten? Wer sagt, dass er sterben muss?«

Marie lächelte traurig. Mit dieser Reaktion hatte Sascha nun wirklich nicht gerechnet. Die Hände, die immer noch die Zeitung festhielten, wurden leicht feucht.

»Viele bitten ihn um Rat. Wenn er bleibt, wird der Staatsstreich nie gelingen.«

Coup d'État, Staatsstreich – dieses Wort war unmissverständlich. Wie gelähmt starrte Sascha Marie an. Gab es jetzt noch einen Ausweg?

»Das ist eine gute Frage«, warf Jean-Louis nachdenklich ein. »Es muss wirklich nicht immer alles mit Gewalt gelöst werden. Domaril könnte auf eine Reise gehen.«

Pascal schnalzte anerkennend mit den Fingern. »Sehr gut! Dann könnte er später vielleicht als Retter zurückkehren! Ihn zu töten, wäre Klischee. Wie wäre eine Entführung? Oder eine Vergiftung, die ihn längere Zeit außer Gefecht setzt?«

Maries Gesicht hellte sich auf. »Ja … ja, das stimmt! Eine Vergiftung, ein fehlgeschlagener Anschlag! Nur womit?« Sie wurde nachdenklich. »Das erfordert Recherche. Ich weiß nicht, ob ich das Exposé dann noch rechtzeitig überarbeiten kann. Der Verlag will es schon am Sonntagabend haben.«

Nach und nach fügten sich die Puzzleteile in Saschas Verstand zu einem Gesamtbild: Marie plante keinen echten Mord. Es ging um Fantasie! Die Leute am Nachbartisch schrieben Geschichten! Erleichtert lachte Sascha auf.

Das Lachen lenkte die Aufmerksamkeit der vier wieder auf den Nachbartisch. Sascha erkannte die Chance, die sich hier bot, und griff zu.

»Wenn Sie eine Möglichkeit suchen, jemanden zu vergiften, kann ich Ihnen vielleicht helfen. Ich habe vor Kurzem zufällig viel darüber gelernt und erzähle Ihnen gern davon.«

Erst danach fiel Sascha auf, dass die Sätze zwar ein klein wenig holprig, die Worte an sich aber flüssig gekommen waren. So schwierig war das mit dem Ansprechen fremder Leute in einer Fremdsprache gar nicht!

»Sehr gerne!« Marie rückte ein Stück zur Seite, um Platz zwischen sich und Pascal zu schaffen. »Setzen Sie sich doch zu uns. Sie sind oft hier – erzählen Sie von sich.«

Und Sascha begann.

ÜBER VIK KUTTER

Vik wurde in Heidelberg geboren. Die in die Wiege gelegte, unbändige Neugier, die Welt zu ergründen, führte zum Studium der Biologie und der Fantasie – erstere in Laboren, zweitere in Rollenspielen. Inzwischen ist kein Rollenspiel mehr nötig, um sich in fremde Personen hineinzudenken: Wenn Vik nicht gerade arbeitet oder etwas bastelt, baut, sägt, druckt, streicht, klebt oder schraubt, werden Geschichten geschrieben.

linktr.ee/VikKutter

ALISSA KENYON

Die May-Bowle

WENN ICH AN MEINEN ersten Frühling in London zurückdenke, rieche ich sofort den Waldmeister, den jemand aus Deutschland mitgebracht hatte, und spüre die Erdbeerstückchen auf der Zunge, deren schlampig abgeschnittene Stängel so verräterisch in den Gaumen stachen. Und ich habe El mit ihren langen, welligen Haaren vor Augen. Bei denen wusste man nie, ob sie rot waren oder nur so taten.

Die Versammlung nannte sich *Alexandria Inn* und hielt, was der Name versprach: Es war ein Musentempel mit Snacks und selbst gemischten Drinks. Jeden Monat suchte El ein neues Quartier für eine gemischte Truppe von Gleichgesinnten. Sie verehrte ihre Leinwände, ihre Harfen, ihre Geistesblitze und verwechselte ihre Gesichter.

Es war eine dieser Nächte, die nicht enden wollten. Man hatte gemalt und musiziert, alle Gerüchte durchgekaut, alle Sympathien und Antipathien festgelegt. Es blieb nichts mehr zu sagen oder zu tun, außer sich auf einer Dachterrasse abzukühlen und die wechselnden Himmelsfarben zu beobachten. Sie. Ich. Ein paar andere, denen Abschiede schwerfielen.

Ich hatte bei El mit Zitaten aus dem suprematistischen Manifest gepunktet und mich dabei scherzhaft-angeberisch über die erbärmliche Parksituation rund um antike Tempel beschwert. *Automobile* und *Aeroplane* verbanden uns jedoch weniger als eine gemeinsame Freundin, der mein Sozialleben zu eintönig erschien. Ich war kein Maler, kein Musiker, kein Dichter. Ich könnte alles über das schwarze Quadrat wissen und würde trotzdem nicht zu diesem Kreis gehören.

Gegenüber von mir griff Els Sitznachbar nach ihrem Glas, noch bevor sie bemerkt hatte, dass es leer war. »Soll ich dir nachschenken?«

Sie lächelte ihn zustimmend an und lehnte sich auf der Rattancouch zurück.

Ich trank selten und war froh, dass man mich nicht darauf ansprach. Als ich eine genervte Miene machte, war mir der Inhalt der Gläser egal. Es ging um die Hülle, die diesen Austausch umwickelt hatte: Seit der Typ beim Tisch aufgetaucht war, interessierte es niemanden mehr, wie sich hohe laterale g-Kräfte anfühlten oder was ich über das Zusammenspiel zwischen Zeit und Geist dachte.

Den Großteil des Abends hatte er Halbakustikgitarre gespielt. Mit ihren F-Löchern erinnerte sie mich an eine Geige, umso frecher wirkten dabei die Regler und Tonabnehmer. Ich liebte dieses Instrument, den glänzenden Lack und die schwungvollen Rundungen. Ich liebte den elektrisch verstärkten, doch reinen, unverzerrten Ton. Ich liebte die ungewissen, zwischen Dur und Moll gefangenen Bluesnoten. Mich irritierte der gelbe Schal, der ihm ständig von der Schulter fiel – wie ein vollgefressener Python, der sich von der Musik nicht beschwören ließ.

Unter dem lichtverschmutzten Sternenhimmel schützte das fesche Stück zumindest vor stärkeren Windstößen.

Ein anderes leeres Glas glitt an El vorbei – wie eine phlegmatische, nachträgliche Idee. So wortlos-fordernd könnte ich es ebenfalls anstellen, wenn ich nicht zu stolz wäre, um Gefallen von diesem Kerl anzunehmen.

Dass ich betrunken kaum geselliger war als nüchtern, musste mir niemand erklären. Doch ich war derjenige hier, den El noch vor wenigen Stunden angelächelt und in der Küche geküsst hatte. Die Amseln vor dem offenen Fenster könnten es bezeugen: El hatte Spaß mit mir gehabt. Also sollte ich derjenige sein, den sie jetzt ansprach, und vielleicht sogar der Einzige, der sich um das Nachfüllen ihrer Gläser kümmern sollte. Schließlich hatte meine Rolle vom flüchtigen Bekannten zu einem *Boyfriend-to-be* gewechselt.

Eigentlich hieß sie Elizabeth, doch höchstens ihre schottische Großmutter nannte sie so, wenn ihr die Enkelin zu kindisch vorkam. Unter Freunden war sie Liz, Beth, Betsy, Ella oder eben nur El – je kürzer der Name, desto prätentiöser die Clique. Sie studierte an der Goldsmiths, lagerte ihre Kunstmaterialien in der Umkleidekabine einer alten Schwimmhalle und mietete ein Zimmer am anderen Ufer der Themse.

Ihn nannten alle May. Ich überlegte nicht lange, warum. Vielleicht war er ein Fan des Queen-Gitarristen. Sein Englisch hatte diesen Fast-nicht-Akzent, den man sich manchmal nach einigen Jahren im Ausland aneignet. Oder von seinen ausländischen Eltern erbt. An dem Abend hatte er sich außerdem fließend auf Spanisch und Italienisch unterhalten. Das alles ärgerte mich. Mein neunzehnjähriges Schubladenhirn wollte ihn unbedingt mit einem Reißnagel an die Weltkarte heften und schaffte es nicht.

Genauso wenig konnte ich einschätzen, woher seine Freundlichkeit stammte: von seiner Natur, zu vielen Gläsern Bowle oder dem besonderen Interesse an El. Er war groß, sportlich gebaut, hatte lebendige dunkle Augen und tauchte an diesem Abend – wenn er nicht spielte – ausschließlich in weiblicher Gesellschaft auf. Dabei tuschelte man, er habe eine Freundin, die leider ausgerechnet während der ganzen Partys arbeiten müsse.

May ging also wieder hinein und El schaute mich zum ersten Mal in der letzten halben Stunde an. Man hatte sie mir anders vorgestellt, doch ich beschloss, sie ebenfalls El zu nennen. Jeder hier spielte gerne mit Rollen und Äußerlichkeiten, wandelbar und unbegreiflich – wohl, um die wahre Kunst nachzuahmen.

»Ich habe mir einen Künstlernamen zugelegt«, sagte ich. »Das ist schon mal ein Anfang, oder?«

Sie lächelte und zuckte unbestimmt den Kopf. »Ich habe nicht gewusst, dass du Künstler sein möchtest.«

Nach dem Namen fragte sie nicht, dabei hatte ich mir Mühe beim Ausdenken gegeben.

»Ach. Ich tu' nur so, als ob.« Ich erhob mich von meinem Gartensessel und stützte die Arme auf die niedrige Mauer.

Am Nachmittag hatte es geregnet und der Geruch nasser Erde hing noch in der Luft, ab und zu vom Wind aufgegriffen und mit dem süßlichen Duft von Parkblüten vermischt.

Mein Blick verfolgte ein einziges Auto bis zur Uferstraße. In dem Moment dämmerte es mir, dass May nur deswegen dablieb, um sich ein Taxi mit El zu teilen. Seine Freundin arbeitete ja. Falls es die Freundin überhaupt gab.

In meiner Vorstellung machten sie es sich auf dem ledernen Rücksitz gemütlich. May griff nach ihrer Hand – wie vorher nach ihrem Glas, noch bevor sie wusste, dass sie es wollte. Sie schauten sich an. Schielten zum Fahrer. Mays gelber Schal verfing sich in Els Locken. Und dann war die Brücke überquert.

Ich spürte Els Blick auf dem Rücken und wünschte mir, sie würde sich zu mir stellen. Das Taxi sollte sie doch mit mir teilen, selbst wenn die Richtung nicht stimmte.

Ich drehte mich um. Wer bin ich für dich, El?, musste meine ganze Körperhaltung fragen. Eine bedeutungslose Romanze? Ein Freund, der deine Bedürfnisse stillt, wann auch immer du es brauchst? Einen Augenblick später sah ich ein, dass ich nichts gegen diese Rolle hatte. Ich könnte bloß auf Männer verzichten, die sie gleich dort berühren würden, wo ich sie berührt hatte.

»Hey, Kumpel, wieso schaust du so ernst?« May stand mit einem Tablett vor der Terrassentür. Sein Schal bedeckte hilflos die Wasserkaraffe. Eine von Els Freundinnen sprang auf und half ihm mit dem Austeilen.

Ich erzwang ein Grinsen und widmete mich wieder der Straße unter uns.

Keine Minute später tauchte May jedoch neben mir auf. »Ein kleines Glas May-Wein?«, sagte er in einem bemühten Deutsch. Er wusste also ein wenig mehr über meine Herkunft als ich über seine.

Ich bedankte mich, prostete ihm zu und merkte aus dem Augenwinkel, während ich den ersten langen Schluck nahm, dass er mich beobachtete.

»Du bist Alkohol nicht gewohnt«, stellte er, wieder auf Englisch, fest. Dabei musterte er mich so, als würde er jeden Punkt meines Gesichts auf ein unsichtbares Blatt abpausen.

Ich zuckte mit den Schultern. Im spärlichen Licht konnte ich keine Pupillen in seinen lächelnden Augen ausmachen. Das beunruhigte mich auf einer tiefen, unkontrollierbaren Ebene.

May warf einen Blick nach hinten, lehnte sich zu mir und flüsterte: »Ich tu' übrigens nur so, als würde ich Deutsch sprechen.«

»Warum?«, fragte ich. »Um anzugeben?«

»Oder um freundlich zu sein. Du hast mir ja auch beim Spielen zugehört.«

Es war mir nicht aufgefallen, dass ich ihm mehr oder aufmerksamer zugehört hatte als die anderen Gäste. Doch ich fühlte mich ertappt. Als hätte er etwas gesehen, was ich nicht einmal vor mir selbst zugab. Um den Fokus auf May zu verschieben, fragte ich, woher er komme.

Jetzt war er dran, mit den Schultern zu zucken. »Aus Islington?«

»Ich meine …«

»Ich weiß, was du meinst. Lass uns überlegen. Mein schlechtes Deutsch habe ich von meiner Oma. Sie hat übrigens mal Mayer mit Nachnamen geheißen.«

»May ist also eine Abkürzung.«

Er zwinkerte. »Meine kleine Tarnung.«

»Natürlich.«

Erst etwas später fiel mir ein, dass er wahrscheinlich nicht jedem auf einer Feier seinen echten Namen verriet. Ich fühlte mich gleichzeitig geehrt und verletzlich – als wäre ich jetzt in seiner Schuld.

May erzählte weiter über seine Familie. Seine Mutter habe jüdische Wurzeln, sein Vater italienische. »Beide in Argentinien geboren. Ich bin wiederum in Australien aufgewachsen und studiere jetzt in England. Also … Ich glaube, ich bleibe bei Islington. Obwohl ich Greenwich noch passender finden würde.«

»Greenwich?«

»Der perfekte Ort zwischen Osten und Westen. Aber nur was imperfekt ist, ist schön, glaubst du nicht?« Sein Zeigefinger glitt entlang der dicken runden Wand seines Trinkglases. Eine Stelle sah so aus, als wäre kurz vor dem Auskühlen ein Tropfen hinuntergelaufen. May kreiste mit der Fingerkuppe um die Wölbung. Dabei fixierte er mich weiterhin mit den Augen.

Ich kannte solche Blicke, von einigen Frauen und von manchen Männern. Den ganzen letzten Sommer lang hatte sie mir mein Mitbewohner zugeworfen – keine direkten wie Mays, immer hinter einer scherzhaften Ausrede versteckt oder in den Momenten geboren, wenn ich sie nicht sehen durfte. Doch ich hatte sie angenommen, wie ein Geschenk, das man vor Fremden nicht aufmacht – aus Angst vor Scham, vor Enttäuschung, davor, dass man keine neue Schublade für diese Gabe hat und alle alten besetzt sind. Man holt das Päckchen erst am Abend heraus, im gedämmten Licht, allein. In anderen Worten: Ich hatte ihn ignoriert.

Auch jetzt schaute ich weg und fing an, Unsinn zu reden. »Ich war schon mal in Greenwich, ich finde Greenwich schön.«

»Ach so? Bist du etwa einer dieser Menschen, die alles schön finden?« Bevor ich antworten konnte, kam die nächste Vermutung: »Du studierst nicht mit El, oder?«

Mit El gemeinsam zu studieren musste ein Qualitätsmerkmal sein. In seinen Augen war ich ein Laie, der nichts von Schönheit verstand. Ich schüttelte den Kopf und wandte mich meiner Bowle zu.

May nahm ebenfalls einen Schluck, bevor er mich wieder ansprach, diesmal mit mehr Wärme in der Stimme. »Aber du magst Musik. Spielst du auch Gitarre?«

Ich verzieh ihm den vorherigen Angriff, doch diese einfache Frage lähmte mich. Ich tat so, als würde ich mich für die Zusammensetzung der Mauer vor uns interessieren, bevor ich den Blick hob. »Ab und zu.«

Er nickte. Seine Augenbrauen sorgten für eine Falte zwischen Stirn und Nase. Es fiel mir auf, wie gepflegt jedes dicke Haar aussah, ohne künstlich zu wirken. »Kennst du das?«, fragte er. »Du liebst diesen puren Sound, natürlich und nackt. Und doch passt er nicht zu dem, was du spielen willst?«

Ich zögerte mit der Antwort. Ich ahnte, dass Musik nur ein Vorwand war, doch es blieb mir unklar, was sich dahinter verbarg. »Dann spiele ich eine Coverversion«, sagte ich schließlich.

Er nickte wieder. »Und ich dachte mir: Wozu wählen, wenn ich beides spielen kann? Jetzt habe ich eine neue Gitarre. Die kann Jazz, die kann Rock, die kann sogar Vivaldi. So fühlt sich Freiheit an, mein Freund.« Als eine Geste, die sich wohl als freundschaftlich tarnte, legte er mir einen Arm um die Schultern.

Seine Körperwärme übertrug sich auf mich und füllte meine Brust. Blass im grauen Morgenlicht verschwammen vor mir die schlaflosen Fenster, die Straßenlaternen und die Neonschilder. Ich schloss die Augen, atmete tief ein, roch die Erdbeeren, die Kräuter, den Stahl auf Mays Fingerkuppen und die feuchte Luft – Regen oder Tau, konnte ich nicht mehr sagen. In diesem Moment zwischen Dämmerung und Tag, Melancholie und Aufregung, Bleiben und Gehen fühlte auch ich die Freiheit, alles sein zu können, ohne es benennen zu müssen.

Ich mag deine Gitarre, wollte ich sagen. Und ich wollte in seine Augen schauen, an den dichten Wimpern vorbei, um endlich die Grenze zwischen ihrer eigenen Farbe und den Pupillen zu entdecken. Hätte ich in seine Augen geschaut, wäre mit Sicherheit noch mehr passiert. Nur ein Wort – und ich wäre mit ihm ins Taxi gestiegen und hätte alle Brücken hinter mir gelassen.

Doch das tat ich nicht. Er hatte schließlich seine Freundin, an deren Existenz ich so lange glauben musste, bis man mir das Gegenteil bewies – und ich hatte El, der ich nach meinen stillen Szenen der Eifersucht eigene Treue schuldete.

May erzwang nichts, ließ aber nicht los, und so betrachteten wir eine Weile die Stadt vor uns, während die letzten Atemzüge der zurücktretenden Nacht an uns vorbeiströmten. Um nicht völlig abweisend zu wirken, schlürfte ich ein paar Mal von der Bowle und stellte das Glas neben Mays auf die Mauer. Er rieb meinen

Arm und ich kuschelte mich enger an seinen Körper heran, wie an einen Ofen, dessen Energie für den restlichen Tag reichen sollte.

Das alles dauerte kaum länger als eine Minute. Els Freundin hinter uns war noch mitten im selben Satz. Derselbe Bus, der vorher eine Gruppe junger Menschen bei einer Haltestelle eingesammelt hatte, bog jetzt ein paar Blöcke weiter um die Ecke. Kein Feuerwerk erleuchtete meine Seele, keine Fanfaren betäubten meine Sinne und dass alles flimmerte, könnte ich genauso dem Alkohol zuschreiben. Trotzdem hatte ich eine unsichtbare Schwelle übertreten, die mich für immer von meinem alten Ich trennen würde.

Als der Moment erschöpft war, löste ich mich aus der Umarmung, sagte Danke zu May – ich ließ offen, wofür – und half El, das leere Geschirr hineinzutragen. Dann begleitete ich sie zur U-Bahn-Station.

May sah ich später ab und zu auf anderen Partys: mal mit seiner Freundin – einer stillen, unscheinbaren und realen Medizinstudentin –, mal ohne, aber nie allein. Das Vivaldi-Stück hob er für ruhigere Momente auf, doch es gab einen Abend, an dem wir gemein sam zwei, drei Boleros spielten und ein Queen-Lied. Obwohl wir seit unserem Kennenlernen kaum mehr als ein paar Sätze gewechselt hatten, blieb er lange in meinen Gedanken.

Damals am frühen Morgen im Mai – mit May –, kurz bevor die Sonnenstrahlen in den Spiegeln der City-Türme aufleuchteten, empfand ich meine innere Welt zum ersten Mal als vollkommen. Aus diesem flüchtigen Zustand des Gleichgewichts entfaltete sich nun, wie das Keimblatt einer Pflanze, alles, was ich sein wollte. Und so kam mit der Zeit das nächste Erkenntnis: Es ging nicht darum, *beides zu spielen*, sondern um das besondere Instrument. Wie Mays freche Gitarre ihm genügte, könnte ein einziger Mensch mein Jazz, mein Rock, mein Vivaldi sein.

Ich zögerte. Doch die Farben waren trocken, die Räume längst still, die Musen dösten, ausreichend geehrt. Der perfekte Moment, um das lang verwahrte Päckchen aufzumachen.

ÜBER ALISSA KENYON

Als Kind wollte die gebürtige Moskauerin Alissa Kenyon Kosmonautin werden. Als Erwachsene erschafft sie ihre eigenen Welten, selbst wenn sie auf den ersten Blick alltäglich erscheinen. Ihre Kurzgeschichte *Schokolade für Solveig* wurde 2021 im Rahmen einer *Authors Challenge* veröffentlicht. Mit ihrem Mann und zwei Kindern wohnt sie in Wien.

linktr.ee/AlissaKenyon

PATRICK HUBER

Götter beraubt man nicht

EINE WEITERE WELLE LIESS die Galeere bocken wie ein unwilliges Pferd. Hafnir stand am Bug und umklammerte die Reling. Sein Magen rebellierte, als sich das Schiff erneut neigte und in das Wellental hinabtauchte.

Eine Schifffahrt! Über das offene Meer! Was hatte ihn da nur geritten? Zwerge und Wasser, das vertrug sich nicht. Er hätte die Seidenstraße nehmen sollen.

Seufzend zwang er sich, seinen Griff um die Reling zu lockern. Diese Gedanken führten zu nichts, ermahnte er sich. Der Seeweg verkürzte seine Reise um mehrere Wochen und der König hatte ihn zur Eile getrieben.

Wenigstens erbrach er sich inzwischen nicht mehr.

In dem Versuch, sich abzulenken, betrachtete er die Stadt, die sich an der Küste vor ihm erstreckte. Das berühmte Alexandria! Die Sicht auf den Hafen wurde von einem wahren Wald aus Masten verdeckt, doch dahinter erhoben sich zahllose Gebäude aus Sandstein. Sie drängten sich eng zusammen und schienen die Nähe der riesigen Prachtbauten zu suchen, die auf den Hügeln und Klippen thronten. Palmen sprenkelten das Panorama der Stadt.

An einem Steilhang, westlich vom Hafenbecken, stand ein hoher Leuchtturm. Das Feuer an seiner Spitze brannte ununterbrochen und wies den Schiffen ihren Weg.

Im Süden der Stadt erspähte Hafnir einen gigantischen, rechteckigen Bau, aus dem mehrere schlanke Türme ragten. Dies war die große Bibliothek von Alexandria.

Dort, so hieß es, befände sich das gesamte Wissen der Menschheit.

Hafnir schmunzelte. Diese Menschen waren zwar ein junges und kurzlebiges Volk, doch sie glichen dies mit ihrem enormen

Ehrgeiz aus. Angeblich machte die Bibliothek den unterirdischen Archiven der Zwerge Konkurrenz.

Er würde es vermutlich bald herausfinden, denn er hatte ein Treffen mit dem Kurator eben jener Bibliothek vereinbart.

HAFNIRS BEINE FÜHLTEN SICH sonderbar wackelig an, als er die Galeere verließ und zum ersten Mal seit zwei Wochen wieder festen Boden unter den Füßen hatte. Breitbeinig stakste er über den Pier und nahm die Flut an neuen Eindrücken in sich auf.

Nach der Ruhe auf See war der Lärm einer belebten Stadt beinahe überwältigend.

Kaufleute feilschten energisch, Matrosen riefen sich über die Takelage ihrer Schiffe hinweg Obszönitäten zu, Fischer priesen ihre Waren an und Lastentiere blökten und wieherten übellaunig. Es war das reinste Chaos.

Der Gestank eines Ortes, an dem sich viele Geschöpfe auf engem Raum versammelten, war zu erwarten gewesen. Doch was den Zwerg völlig unvorbereitet traf, war die Hitze. Er stammte aus den Bergen, hoch oben im kalten Norden, wo stets Winter herrschte. Die Kraft der Sonne hatte ihm schon auf hoher See zu schaffen gemacht und ihm die Haut verbrannt. Doch zwischen den Häusern, geschützt vor der steifen Meeresbrise, schlug ihm die trockene, flimmernde Luft mit voller Wucht ins Gesicht. Wenn er daran dachte, dass er in Massalia mit einem Umhang aus Bärenpelz an Bord gegangen war! Übellaunig schob sich der Zwerg durch die Menge. Die Menschen um ihn herum beachteten ihn kaum, offenbar war man hier den Anblick nicht-menschlicher Geschöpfe gewohnt.

Der Kapitän der Galeere hatte ihm gesagt, wo er hinmusste. Bald stand er vor einem unscheinbaren, zweistöckigen Gebäude mit Wänden aus Sandstein. Das Dach war mit Schilf gedeckt. Der Bereich vor dem Eingang war überdacht. Dort hatten einige Menschen Zuflucht vor der Sonne gesucht. Sie saßen an kleinen Tischen und tranken aus Tonbechern oder schoben kleine, hölzerne

Figuren über ein Spielbrett. Ein Schild hing über der Tür und verkündete den Namen des Gasthauses: »Alexandrias Inn«. Es befand sich in unmittelbarer Nähe zur großen Bibliothek und hatte einen ausgezeichneten Ruf unter den Einwohnern. Auf dem Schiff hatte Hafnir sogar einige merkwürdige Legenden über dieses Etablissement gehört. Es hieß, dies sei das älteste Gebäude der Stadt und der Wirt sei noch immer derselbe wie einst. Ein Seemann hatte sogar behauptet, der Besitzer sei der Gründer der Stadt höchst persönlich. Doch das musste Seemannsgarn sein. Hafnir wusste, dass der Name der Stadt auf einen berühmten Feldherren zurückging.

IM INNERN DES GASTHAUSES war es angenehm kühl. Obwohl es mitten am Tag war, war der Schankraum gut besucht. An den zahlreichen Tischen saßen überwiegend Menschen, doch es gab auch einige außergewöhnliche Geschöpfe zu sehen.

Hafnir sah eine Gruppe Leprechauns, die lautstark zechten, ein menschenähnliches Wesen, dem ein eindrucksvolles Geweih aus der Stirn wuchs, und einen Satyr. An der Bar erspähte er sogar einen Lamassu und einen Minotauren. Diese beiden überragten alle anderen Gäste.

Der Zwerg beobachtete fasziniert, wie sich der Lamassu – in Ermangelung von Armen – vorbeugte und geräuschvoll aus seinem Becher schlabberte.

Hafnir setzte sich an einen freien Tisch, dem Eingang gegenüber. Er würde zunächst einen Schluck trinken und sich ein Zimmer besorgen, bevor er sich mit dem Kurator traf. Eine Schankmaid, die skandalös viel nackte, gebräunte Haut zeigte, kam sogleich an seinen Tisch. Kurz darauf kostete er von dem, was hier wohl als Bier galt, ihn jedoch nicht begeisterte. Zumindest befeuchtete es seine ausgedörrte Kehle.

»IHR MÜSST HAFNIR GOLDSTIMME SEIN«, sagte eine warme, melodische Stimme zu seiner Linken.

Der Zwerg sah auf und erblickte einen Menschen mit dunkler Haut und kahlrasiertem Kopf. Nicht einmal einen Bart trug er. Dafür waren seine Augen dick mit schwarzer Farbe umrandet. Der Fremde trug ein knöchellanges, schwarzes Gewand, das nicht viel von seiner Statur offenbarte.

»Und Ihr seid?«, fragte der Zwerg misstrauisch. Unter dem Tisch legte er seine Hand auf die Axt an seinem Gürtel.

»Ich bin Omar Sethna, Kurator der großen Bibliothek von Alexandria. Ich habe Eure Ankunft voller Vorfreude erwartet. Man trifft hier nicht oft auf die Bewohner des hohen Nordens.«

Hafnir war beeindruckt, wie fließend er sich der Sprache des kleinen Volkes bediente.

Ohne Umschweife stand der Zwerg auf und streckte dem Kurator die Hand hin. »Verzeiht, Kurator! Ich habe nicht damit gerechnet, Euch hier zu treffen! Ich wollte mich nach einer kurzen Rast zu Euch begeben.«

Omar Sethna warf einen seltsamen Blick auf die dargebotene Hand, bevor er sie ergriff. Für einen Gelehrten hatte er einen überraschend festen Griff. »Ich zog es vor, Euch in einem weniger formellen Umfeld zu begrüßen. Dieses ehrwürdige Gasthaus ist doch wesentlich angenehmer als die staubigen Hallen der Bibliothek.« Dann lächelte er breit.

Hafnir grinste unwillkürlich zurück. »Bitte, setzt Euch doch zu mir. Ich lade Euch ein. Bei meinem Volk ist es üblich, wichtige Verhandlungen nicht mit trockener Kehle zu führen.«

Sie nahmen Platz und erneut erschien die Bedienung. Omar bestellte einen Apfeltee.

»Die Nachricht Eures Königs hat mich, um ehrlich zu sein, zutiefst beunruhigt«, kam der Kurator gleich zur Sache. »Er fordert die Herausgabe eines Artefaktes, das sich in der Obhut der Bibliothek befindet. Dies ist keine geringe Forderung. Alexandria hat sich der Bewahrung allen Wissens auf der Welt verschrieben und für gewöhnlich geben wir kein Artefakt von solch historischer Bedeutung aus den Händen.«

Hafnir räusperte sich und hielt einen Moment lang inne. Dies war der Grund für seine lange, beschwerliche Reise. Er war ein Botschafter im Dienste des Zwergenkönigs und nun war es an ihm, den Willen seines Herren durchzusetzen. »Wie Euch bereits mitgeteilt wurde, gelangte das Artefakt unrechtmäßig in Euren Besitz. Es wurde aus den Hallen meines Volkes gestohlen. Wir konnten die Spur des Diebes bis zur Bibliothek verfolgen. Sicherlich hat eine ehrbare Institution wie die Bibliothek von Alexandria nicht den Wunsch, in kriminelle Machenschaften verwickelt zu werden. Der Hammer ist Diebesgut, und die Zwerge meines Volkes sind die rechtmäßigen Eigentümer.«

Omar nickte bedächtig. »Natürlich verurteilen wir solch schändlichen Diebstahl. Hätte ich zu jenem Zeitpunkt darum gewusst, ich hätte den Hammer nicht angenommen, auch wenn die Versuchung sehr groß gewesen wäre. Dies ist das Werkzeug Eures Gottes, nicht wahr?«

»Es heißt, der göttliche Schmied hätte damit die Riesen erschlagen und die erste steinerne Halle unter dem Berg erbaut, ja. Es ist ein mächtiges, magisches Artefakt und die Zwerge verlangen es zurück.«

Der Kurator verzog das Gesicht. »Ich verstehe euer Verlangen, doch bedauerlicherweise gelten hier die Gesetze Alexandrias. Wie Ihr den Büchern entnehmen könnt, müssen Gegenstände, welche in die Hände der Bibliothekare gelegt werden, auf ewig in ihrer Obhut bleiben. Ich würde Euch gerne Euren Wunsch erfüllen, doch ich fürchte, mir sind die Hände gebunden.«

Einen Moment lang starrte der Zwerg den Kurator fassungslos an. Das war doch nicht sein Ernst?! »Ihr wollt mir also sagen, dass es Euch per Gesetz verboten ist, meinem Volk sein rechtmäßiges Eigentum zurückzugeben?«, presste er hervor, sich mühsam beherrschend.

»Ich fürchte, dem Gesetz nach ist es nun Eigentum der Bibliothek, ja.«

»Ihr müsst mir irgendwie entgegenkommen, Omar Sethna«, verlangte Hafnir aufgebracht und beugte sich näher zu dem Kurator. »Dies ist eine ernste Angelegenheit und kann zu Spannungen zwischen unseren Völkern führen. Wenn ihr den Hammer nicht aushändigt, ist mein König auch bereit, Gewalt anzuwenden. Das kann nicht im Interesse von Alexandria sein.«

»Auch hier sind die Gesetze eindeutig. Wer etwas aus der Bibliothek entwendet, der ist des Todes. Ich rate Euch dringend, mein Freund: Geht diesen Weg nicht!«

Wie sollte ein Haufen Gelehrter mich aufhalten?, dachte sich Hafnir im Stillen. Er war nicht nur ein Gesandter, sondern obendrein ein Veteran der Trollkriege.

Rasch fuhr Omar fort: »Ich denke aber, dass wir eine Einigung erzielen können. Einen Kompromiss. Ich werde eine Ausnahmeregelung für diesen Fall erwirken können, aber die Bibliothek erwartet etwas im Gegenzug.«

Endlich kamen sie voran!

»Was verlangt Ihr?«

»Nun, da wir Euch ein uraltes, mächtiges Artefakt überlassen sollen, erscheint es nur fair, wenn Ihr uns einen ähnlich bedeutsamen Gegenstand besorgt.«

»Ihr habt etwas Bestimmtes im Sinn, oder?«

Ein leichtes Lächeln umspielte Omars Lippen. »In der Tat. Wie Ihr vielleicht wisst, steht Alexandria auf einer zweiten Stadt, welche verborgen unter dem Sand liegt. Eine Stadt der Toten. Unzählige Gräber wurden im Laufe der Jahrhunderte angelegt, und die Verstorbenen mit reichen Gaben auf den Weg in das Jenseits geschickt. In einer dieser Grabkammern befindet sich eine ganz besondere Kanope – ein Tongefäß. Ich weiß, in welcher Gruft die Kanope sich befindet, doch keiner der Abenteurer hierzulande wagt es, dort hinabzusteigen. Ganz gleich, welche Belohnung ich aussetze, sie wollen es nicht einmal versuchen.«

Hafnir zog missbilligend die Augenbrauen zusammen. »Ihr wollt, dass ich zu einem Grabräuber werde? Noch dazu in einer Gruft, die so gefährlich ist, dass sich niemand hinein wagt? Ihr überrascht mich, Kurator. Vielleicht sollte der Pharao den moralischen Kompass der Bibliothek und ihrer Diener überprüfen.«

Der Kurator hob beschwichtigend die Hände. »Seid unbesorgt, die Gerüchte über einen Fluch, der die Grabkammer schützt, sind lächerlich. Die Kanope, um die es mir geht, war auch keine der ursprünglichen Beigaben. Jemand hat sie dort versteckt. Vermutlich hat diese Person auch die fürchterlichen Gerüchte gestreut, um das Gefäß vor der Entdeckung zu bewahren. Es ist wirklich nichts dabei. Ihr steigt hinab in die Katakomben, nehmt die Kanope und bringt sie hierher. Im Gegenzug bekommt Ihr den Hammer Eures Gottes zurück. Dies ist ein gutes Angebot, findet Ihr nicht?«

Hafnir strich sich über den Bart. Diese Sache stank zum Himmel! Wer wusste schon, was ihn dort unten tatsächlich erwarten würde! Doch der Hammer war die bedeutendste Reliquie seines Volkes. Es war seine Aufgabe, sie zu beschaffen.

Missmutig streckte er seine Hand über den Tisch, um den Handel zu beschließen. »In Ordnung, ich mache mir für Euch die Hände schmutzig. Aber bei meinem Barte: Solltet Ihr mich hereinlegen, dann werde ich Euch ein Stück zwergischer Weisheit in den Schädel klopfen, Gelehrter!«

Omar grinste von Ohr zu Ohr und schlug ein. »So sei es. Hier, nehmt diese Fibel und steckt sie an Euren Kragen. Damit weiß jeder in der Stadt, dass Ihr in meinem Auftrag unterwegs seid.«

Hafnir nahm das kleine Schmuckstück an sich. Es war ein Milan aus Jade, in Gold eingefasst. Er steckte sich die Fibel an seine Tunika, wie der Kurator es ihm geraten hatte.

»Ich werde morgen um diese Zeit hier auf Euch warten. Gehabt Euch wohl und viel Erfolg.« Der Kurator gab ihm noch eine kleine Papyrusrolle mit der Wegbeschreibung zur richtigen Gruft und verschwand raschen Schrittes.

»Wieso habe ich das Gefühl, dass ich das bereuen werde?«, brummte Hafnir in seinen Bart und stürzte den Rest seines widerlichen Gebräus hinunter. Je schneller er aus dieser Stadt verschwinden konnte, desto besser.

IM SCHEIN EINER FACKEL schlich Hafnir durch den klaustrophobisch engen Gang. Sand knirschte unter seinen Stiefeln. Hier und da raschelte es hinter den glatten Steinmauern. Vermutlich Ungeziefer. Abgesehen davon war es hier unten totenstill.

Die Luft war muffig und kühl. Aus der Schwärze des Tunnels schälte sich ein niedriger Torbogen heraus. Schriftzeichen und farbenfrohe Wandbilder zierten den Durchgang.

Das musste der Eingang in die Grabkammer sein!

Interessiert betrachtete er die Zeichnungen. Eine dicke Staubschicht bedeckte die Farben, doch ihre Pracht und Kunstfertigkeit waren offensichtlich. Als Zwerg war Hafnir bestens mit steinerner Kunst vertraut und hier hatte er das Werk eines Meisters vor sich! Die Bilder zeigten einen Menschen, der sich über einen geschlossenen Sarkophag beugte. Blut quoll aus seinen Augen und benetzte das steinerne Grab. Die Hände krallten sich schmerzerfüllt in die Haare.

»Nur Gerüchte, na sicher«, flüsterte Hafnir verdrossen. Nervös umklammerte seine rechte Hand den Griff der Axt. In das Axtblatt waren Schutzrunen eingeätzt. Hoffentlich wirkten sie auch gegen alte Flüche aus der Wüste.

Der Durchgang war von einer fugenlosen Steinplatte verschlossen. Glücklicherweise stand auf dem Papyrus des Kurators, wie sich das Grab öffnen ließ. Ein Ankh-Symbol im Wandbild stand ein wenig hervor. Mit dem Stiel der Axt drückte er dagegen und die Felswand erzitterte. Polternd bewegte sich die Steinplatte zur Seite und gab den Eingang frei.

Ein Luftzug fegte durch den Tunnel und ließ das Licht der Fackel bedenklich flackern. Mit wild pochendem Herzen wartete Hafnir, bis sich erneut Stille über das Grab legte.

Nichts geschah.

Er atmete einmal tief durch und schritt dann in die Gruft. Der Raum war quadratisch, die Wände ungefähr zehn Schritte lang. Exakt in der Mitte stand der rechteckige Sarkophag.

Da lag jemand auf dem Sarg! Erschrocken wich der Zwerg zurück und hob die Axt zur Abwehr. Mit blankem Entsetzen starrte er auf die Erscheinung. Dann, nach einem Moment, entspannte er sich. Das Abbild des Toten war in den Deckel des Sarkophags gemeißelt worden. Im unsteten Licht der Fackel hatte es so ausgesehen, als ob sich die Gestalt bewegt hätte!

Schnaubend atmete Hafnir durch. Was war er doch nur für ein Narr!

Jetzt erst wurde seine Aufmerksamkeit auf das ganze Gold gelenkt, das sich an der Wand auftürmte. Große Rundschilde, Schmuck, fremdartige Waffen … Alleine mit den Reichtümern dieser Kammer könnte man sich ein kleines Königreich kaufen!

Neben dem Prunk und dem Glanz sah Hafnir auch in Bandagen gewickelte, offensichtlich mumifizierte Katzen.

»Was für ein merkwürdiges Volk«, sprach er leise zu sich selbst, um die Stille zu durchbrechen. Er würde sich hüten, etwas von den Schätzen an sich zu nehmen. Die Toten zu bestehlen, war schändlich.

Hoffentlich zählte die Kanope nicht.

Hafnir fand das kleine Tongefäß an der rückwärtigen Wand auf einem kleinen Sockel ruhend. Von all den Gegenständen hier war dies wohl das unscheinbarste. Seltsame Schriftzeichen waren auf die sonst schmucklose Oberfläche gemalt.

Der Zwerg schob seine Waffe zurück in den Gürtel.

Er hielt den Atem an und griff vorsichtig nach der Kanope.

Vorsichtig hob er sie hoch.

Nichts passierte.

Kein Blut floss ihm aus den Augen. Das war sicher ein gutes Zeichen. Rasch verstaute er die Kanope in seinem Bündel und hängte es sich über den Rücken.

Ein Rumpeln ertönte.

Hastig schaute er sich um.

Dort, zu seiner Linken!

Eine lebensgroße, goldene Statue eines in Roben gewandeten Menschen zitterte!

Krachend klappte die Vorderseite der Statue zur Seite und etwas trat aus dem Inneren.

Es hatte den Umriss eines hochgewachsenen Menschen und war gänzlich in beige Stoffbahnen gehüllt – eine Mumie!

Das flache, leere Gesicht wandte sich dem Zwerg zu und eine Stimme erklang, rau wie altes, zerbröckelndes Pergament. »Möge der Tod auf schnellen Schwingen zu jenen eilen, welche die Ruhe der Toten stören!«

Hafnir standen alle Haare zu Berge. »Verflucht seist du, Omar Sethna!«, zischte er und wandte sich zur Flucht. Er schaffte zwei Schritte in Richtung der Tür, bevor ein sengender Schmerz durch seinen Kopf fuhr. Schreiend ging er in die Knie. Die Fackel fiel zu Boden, doch immerhin verlosch sie nicht.

Der Schmerz war unvorstellbar. Einen Moment lang konnte er nicht atmen. Durch seine tränenverhangenen Augen sah er den Untoten näher kommen.

Er kämpfte gegen den Schmerz an. Mit einem wilden Schrei sprang er auf und hieb blindlings nach seinem Gegner. Die Axt zerschnitt nur Luft.

»Ich bestehle dich nicht! Hör auf!«, rief er verzweifelt und versuchte erneut, die unheimliche Gestalt auszumachen.

»Sie hat mir befohlen, alle Eindringlinge zu töten!«, krächzte das Monster.

Da bewegte sich etwas.

Erneut schlug Hafnir zu. Erneut traf er nicht.

Im nächsten Augenblick wurde er an der Kehle gepackt und emporgehoben, als wäre er eine unartige Katze.

»Sei verdammt, kleiner Schänder!«

Er bekam keine Luft. Sein Schädel drohte zu platzen.

Verzweifelt schlug er mit der Axt um sich. Er glaubte zu spüren, wie sie auf etwas Weiches traf, doch die Mumie ließ nicht locker.

Die Ränder seiner Wahrnehmung verdunkelten sich und Hafnir wusste, dies war sein Ende.

Der Druck um seine Kehle verschwand unvermittelt. Hustend sank er zu Boden. Auch der Schmerz hinter seinen Augen verklang allmählich.

»Was zum …?«

Die Mumie trat einen Schritt zurück und verneigte sich mit vor der Brust gekreuzten Armen. »Verzeih. Ich wusste nicht, dass du Ihr Diener bist. Die Zeit ist also gekommen?«

Was war hier los? Wer war »Sie«? Hafnir hatte keine Ahnung, was das alles bedeutete, doch offenbar hatte der Untote es sich anders überlegt.

Jetzt durfte er nur nichts Falsches sagen!

Mit schwacher Stimme brachte er mühsam hervor: »Ja. Ich habe den Auftrag, die Kanope zu bergen. Es ist sehr wichtig.«

Die Mumie nickte bedächtig. »Allerdings. Du hättest dich sogleich zu erkennen geben sollen. Nun geh. Unser beider Herrin wartet nicht gerne.«

Das alles ergab für den Zwerg keinen Sinn, doch sollte er sein Glück lieber nicht hinterfragen. »Danke.«

Stöhnend hob er die Fackel auf und trat durch den Eingang der Gruft.

»Schließe die Tür. Ich werde erneut ruhen«, wies die Mumie ihn noch an. Als sich die Steinplatte erneut bewegte, um die Gruft zu versiegeln, erhaschte er noch einen Blick auf die unheimliche Gestalt, die ungelenk in die goldene Statue zurückkletterte.

Ein Schauer überlief den Zwerg bei diesem Anblick.

»WENN IHR DAS NÄCHSTE Mal Gerüchte über einen tödlichen Fluch hört, dann schenkt ihnen Gehör«, fuhr Hafnir den Kurator unwirsch an. Sich mühsam beherrschend, stellte er sein Bündel mit der Kanope vorsichtig auf den Tisch, an dem Omar Sethna saß.

Dieser hob lediglich eine Augenbraue. »Dann seid Ihr also doch auf Schwierigkeiten gestoßen? Interessant.«

»Verdammter Bücherwurm!«, tobte der Zwerg, der sich nun doch nicht länger zurückhalten konnte. Einige der anderen Gäste im Alexandrias Inn blickten alarmiert in ihre Richtung.

»Es ist pures Glück, dass diese Mumie meinen Schädel nicht hat zerspringen lassen!«

Andächtig zog der Kurator die Kanope aus dem Bündel und betrachtete sie mit glänzenden Augen. »Ihr habt Eure Sache gut gemacht, mein Freund. Ich werde mein Wort halten. Hier ist Eure Belohnung.« Damit wuchtete er einen Leinensack auf den Tisch. »Bitte gebt mir doch meine Fibel zurück. Sie scheint Euch ja gute Dienste erwiesen zu haben.«

Verwirrt starrte Hafnir den Mann an. Was sollte das nun wieder heißen?

Er nahm sich die Zeit, zuerst den Inhalt des Sacks zu überprüfen. Da lag er. Der Hammer des göttlichen Schmieds. Ein kurzer Griff, ein großer, rechteckiger Kopf, mit zahlreichen Runen verziert, welche ein schwaches, bläuliches Licht abgaben.

Kein Zweifel, dies war die Waffe eines Gottes!

Rasch gab er dem Kurator die seltsame Fibel zurück und verabschiedete sich.

Die Galeere, mit der er in die Stadt gekommen war, sollte heute noch ablegen. Er wollte so schnell wie möglich heimkehren und seinem König das Artefakt überreichen.

»Es war mir eine Freude, Geschäfte mit Euch zu machen«, sagte Omar zum Abschied. »Fahret wohl auf all Euren Wegen und mögen die Gestirne stets Euren Pfad erhellen.«

»Ich bedanke mich für Eure Kooperation«, entgegnete der Zwerg. »Aber glaubt nicht, dass ich die Sache mit dem Fluch vergessen werde! Ich habe Euch gesagt, dass ich mich revanchieren werde. Und ich stehe zu meinem Wort.«

Ein beunruhigend breites Grinsen spaltete Omars Gesicht. »Ich liebe Überraschungen. Ich warte gespannt auf Eure Revanche.«

NACHDEM DER ZWERG DAS Gasthaus verlassen hatte, entspannte sich die Kundschaft und widmete sich wieder ihren Gesprächen und Getränken.

Omar Sethna grinste still in sich hinein und drehte die Kanope in seinen Händen.

Als er sich sicher war, dass ihm niemand mehr Beachtung schenkte, öffnete er das uralte Gefäß und griff gierig hinein. Er zog einen grauen, vertrockneten Brocken Fleisch heraus, der entfernte Ähnlichkeit mit einer Niere hatte. »Pech gehabt, Bruder. Du bleibst schön da, wo du bist«, flüsterte er und seine sonst so angenehme Stimme war von abgrundtiefer Bosheit verzerrt.

Seine Augen leuchteten in einem unheimlichen Licht, als er den Mund weit aufriss und das widerliche Organ in einem Stück verschlang.

HOCH OBEN, IN EINEM der Türme der Bibliothek von Alexandria, schritt der Kurator in seinem geräumigen Büro fassungslos auf und ab. »Ein Diebstahl! Hier, in der Bibliothek! Das ist ein Skandal!«, fauchte er seinen Untergebenen an, der in der Tür stand und von einem Bein auf das andere trat. Dem jungen Mann war sichtlich unwohl.

»Gibt es eine Spur von den Dieben?«, fragte der Kurator.

»Nein, mein Herr. Wer auch immer den Hammer entwendet hat, ging sehr geschickt vor. Es ist, als habe er sich einfach in Luft aufgelöst!«

»In den Jahrhunderten, die diese Einrichtung bereits besteht, hat es noch keinen einzigen Diebstahl gegeben! Ich werde nicht der erste Kurator sein, unter dessen Führung ein solch bedeutsames Artefakt entwendet wird, verdammt! Findet die Diebe!«

Der Untergebene verbeugte sich und verschwand aus dem Büro.

Die Fenster des Turmes waren weit geöffnet, um jede noch so kleine Brise einzufangen. Ein Schatten flog an einer Öffnung vorbei und zog die Aufmerksamkeit des Kurators auf sich.

Dem Mann klappte der Kiefer herunter, als ein Schwarzmilan und ein Falke nacheinander durch das Fenster flogen und sich auf einem Regal mit griechischen Schriftrollen niederließen.

»Was zum …«, begann der Kurator, doch ein greller Lichtblitz blendete ihn. Nachdem das Licht verschwunden war, sah der Mann sich blinzelnd um. Anstelle der Vögel standen zwei Menschen vor ihm. Zumindest sahen sie aus wie gewöhnliche Menschen aus dem Niltal. Ein Mann und eine Frau, beide in feine, weiße Gewänder gehüllt und mit goldenen Ketten und Armreifen geschmückt, starrten ihn mit schwarz umrandeten Augen an. Ihre Züge waren ebenmäßig und schön, doch sie strahlten zugleich eine gewisse Strenge und Härte aus.

»Hoher Kurator, was habt Ihr euch nur dabei gedacht?«, sprach die Frau sogleich und richtete anklagend einen Finger auf den völlig verdatterten Mann. »Habt Ihr etwa gedacht, wir würden Euren Machenschaften nicht auf die Schliche kommen?«

»Wer seid Ihr? Was wollt Ihr von mir?«, fragte der Kurator verwirrt und wich vor diesen Erscheinungen zurück.

»Leugnet es nicht!«, brauste die Frau auf. »Wir wissen, dass Ihr die Kanopen des Osiris zusammentragen lasst! Seit Jahrhunderten suchen wir nach ihnen, um meinen geliebten Gemahl zurückzuholen! Was habt Ihr mit den Kanopen getan?«

»Ich …«, begann der Kurator.

Doch die Frau ließ ihn nicht zu Wort kommen. »Nun redet endlich! Vielleicht lasse ich mich dann gnädig stimmen!«

Der Mann mit den Falkenaugen legte beruhigend eine Hand auf den Arm seiner Begleiterin. »Sachte, Mutter. Lasst ihn sich erklären.«

Die Frau entwand ihm ihren Arm und fauchte: »Sachte? Nach allem, was wir beide auf uns genommen haben, um Osiris zurückzuholen, kommt so ein mickriger Mensch daher und untergräbt unsere Bemühungen? Ein sogenannter Gelehrter, der es eigentlich besser wissen müsste? Sag mir nicht, ich müsse mich beruhigen, Horus!«

Die zwei Namen sickerten in das Bewusstsein des geschockten Kurators und seine Augen weiteten sich. »Ihr seid … Ihr seid …«, stammelte er, bevor er sich zu Boden warf und mit der Stirn seinen kostbaren Perserteppich berührte. »Ich bin Euer Diener. Nennt mir Euer Begehr, ich werde es erfüllen!«

»Wo sind die Kanopen mit den Überresten meines Gatten?«, fragte die Frau gebieterisch.

»Ich weiß es nicht, Herrin. Ich habe davon gehört, dass seine Organe aufbewahrt und in der ganzen Welt verteilt wurden, doch ich habe noch nie einen Hinweis auf ihren Verbleib erhalten.«

»Lüge!«, fauchte die Frau, außer sich vor Zorn. »Ich weiß, dass Ihr euch gestern mit einem Zwerg aus dem Norden getroffen habt! Er hat eines der Gefäße aus den Katakomben für Euch gestohlen!«

»Davon ist mir nichts bekannt, edle Isis.« Der Kurator zitterte jetzt vor Furcht. »Ich wollte gestern tatsächlich einen Zwerg empfangen, doch er kam nie hier an.«

Während die Frau den Kurator befragte, ging ihr Begleiter zu einem der Fenster und spähte angestrengt nach unten auf die Straße. »Er sagt die Wahrheit, Mutter«, sagte er mit ruhiger Stimme.

»Was?« Die Frau fuhr herum und starrte ihren Sohn an.

Dieser nickte mit dem Kinn aus dem Fenster und sagte: »Wir sind getäuscht worden. Der Mensch ebenso.« Er sprach ganz ruhig, doch der Zorn brodelte deutlich hörbar, dicht unter der Oberfläche.

Die Frau trat zu ihm ans Fenster und sah in die Richtung, in die er wies.

Dort unten stand ein Mann, der dem Kurator bis auf das Haar glich. Selbst aus dieser Entfernung war das breite Grinsen zu sehen. Er winkte den beiden spöttisch zu. Schon im nächsten Augenblick verschwand er spurlos in der Menschenmenge.

»Seth«, knurrte Isis hasserfüllt. »Damit wird er nicht davonkommen!« Sie zog einen kleinen Lederbeutel aus den Tiefen ihres Gewandes.

Horus fragte: »Was hast du vor?«

Isis öffnete den Beutel und zeigte ihrem Sohn den Inhalt. Den Menschen, der noch immer demütig kniete, schienen die beiden völlig vergessen zu haben. In dem Beutel war ein Häufchen schwarzer Asche.

»Ich werde den Phönix schicken. Seth darf nicht entkommen.« Die Göttin schüttete sich die Asche in die linke Hand und begann leise zu singen.

ERNEUT STAND HAFNIR AN der Reling der Galeere und blickte zurück auf die Stadt. Dieses Mal entfernte sich das Schiff jedoch von der Hafenstadt. Zwar war er über die fragwürdigen Gesetze Alexandrias und die Machenschaften des Kurators verärgert, doch letztendlich hatte er seine Mission erfüllt. Er war zufrieden. Nach der Hitze in den schmalen Straßen der Stadt kam ihm die Meeresluft geradezu kühl vor. Wenn seine Reise gut verlief, würde er schon in wenigen Wochen wieder über die verschneiten Berge seiner Heimat ziehen.

Hinter dem Zwerg kam Unruhe unter den Ruderern auf.

Verwundert sah er über die Schulter. Viele der Seemänner deuteten mit ausgestrecktem Finger zum Ufer und riefen ängstlich in ihren Muttersprachen.

Rasch sah Hafnir wieder zur Stadt zurück. Jetzt erkannte er, was die Männer so verängstigte.

Eine der großen Glaskuppeln der Bibliothek leuchtete in einem unheimlichen Orange. Noch während der Zwerg hinsah, gewann das Licht immer weiter an Intensität, bis es schien, als würde unter dem Glasdach eine zweite Sonne aufgehen.

Die gesamte Stadt erbebte. Die Erschütterungen waren so stark, dass sie hohe Wellen schlugen, die sich mit Wucht gegen das Heck des Schiffes warfen.

Erneut äußerte Hafnirs Magen seinen Unmut über die Umstände einer Seereise.

Jetzt bebte nicht nur die Erde. Ein tiefes, vibrierendes Grollen erfüllte die Luft, als würde ein zorniger Riese aus einem tiefen Schlummer erwachen.

Der Kapitän der Galeere schrie inzwischen mit schriller Stimme seine Männer an. Alle ruderten, was das Zeug hielt.

Von Grauen erfüllt konnte Hafnir den Blick nicht von der Bibliothek wenden. »Was ist«, begann er, doch in diesem Moment entzündete sich der Himmel über Alexandria. Der Lichtblitz war so grell, dass seine Augen brannten. Reflexartig ließ der Zwerg sich auf das Deck fallen und schlug die Hände vor sein Gesicht. Die Erde selbst brüllte und fauchte voller Zorn. Hafnir glaubte, die Götterdämmerung sei gekommen. Das Ende der Welt, wenn sich alle Götter erhoben und darum kämpften, wer das Universum beerben sollte.

Nach einer gefühlten Ewigkeit erlosch das Licht und das Grollen hallte vom Himmelszelt zurück.

Selbst danach dauerte es noch eine Weile, bis Hafnirs Augen wieder etwas erkennen konnten. Stöhnend rappelte er sich auf und blickte zurück zum Ufer.

Ihm stand der Mund offen.

Die Glaskuppel der Bibliothek war verschwunden. Einfach weg, als hätte es sie nie gegeben!

Stattdessen klaffte ein riesiges Loch in dem Bauwerk, die gezackten Ränder der Öffnung glühten hellorange. Die Steine … Sie glühten, wie Kohlen in einer Esse …

Sämtliche Schilfdächer der Stadt brannten lichterloh. Der Himmel darüber leuchtete wie ein Hochofen. Unzählige Gelehrte hatten darüber geschrieben, wie man sich das Ende aller Tage vorstellen musste. Hafnir musste es sich nicht länger vorstellen.

»Was, beim göttlichen Schmied?«, hauchte er. Der Kapitän trat neben ihn und starrte ebenfalls auf das Inferno.

»Der Phönix«, flüsterte er ehrfürchtig. »Er fliegt.«

ÜBER PATRICK HUBER

Patrick Huber wurde 1990 in Tuttlingen geboren. Als Sohn eines Soldaten wohnte er mal hier, mal dort. Nach dem Abitur machte er eine Ausbildung zum Hörgeräteakustiker in Traunstein. 2018 wechselte er in die Industrie und zog in das Nürnberger Land. Ein Jahr später heiratete er seine Freundin Daniela und erfüllte sich den Traum, Autor zu werden. Neben seiner Arbeit in einem Otoplastiklabor veröffentlicht er nun jeden Monat eine Kurzgeschichte aus der Fantasyreihe *Meister der Runen*.

linktr.ee/Patrick_Autor

MARTINA NITSCHE

Das Übliche?

Die Straßen von New York sind ein gefährliches und raues Pflaster ohne echte Helden. Ich bin Henry Warden und dieser Sündenpfuhl ist mein Revier. Als Privatdetektiv sorge ich für Recht und Ordnung – gegen ein angemessenes Honorar, versteht sich.

* * *

DER FEINE NIESELREGEN WAR in dicke Tropfen übergegangen. Unaufhörlich hämmerte das Nass auf Menschen und Autos gleichermaßen. Die Neonlichter spiegelten sich fahl und grau in den Pfützen auf der Straße, denen die wenigen Passanten müde auswichen. Es war einer dieser miesen Herbstabende, an denen der Regen die Farbe aus der Welt zog – wie Ex-Frauen das Geld aus den Taschen von uns armen Teufeln.

Ich hatte den Kragen meines Mantels hoch und den Hut tief gezogen, um mich zumindest etwas gegen die eisige Flut zu schützen. Trotzdem krochen Kälte und Regen durch die Nähte der Kleidung. Vor mir tauchte das *Alexandria Inn* auf. Eine ehemalige Flüsterkneipe, die sich heute unscheinbar und schmutzig an eine Kirche schmiegte. Das Gotteshaus reckte trotzig ein einstmals weißes Kreuz in den Himmel, dessen Farbe in großen Teilen abblätterte. Wie zwei alte, abgenutzte Huren auf der Zweiundvierzigsten standen sie zwischen den Hochhäusern und warteten auf ihre Kundschaft.

Es war nicht meine Art, Klienten außerhalb des Büros zu treffen. Ich hatte extra zu diesem Zweck fünfzehn Quadratmeter mit Schreibtisch angemietet, die einen Haufen Kohle kosteten. Und der Bourbon in der untersten Schublade war nicht so überteuert wie der in dieser Kneipe. Eine Anruferin hatte mich gebeten – regelrecht angefleht –, zu kommen. Ihre ganze Sorge gelte dem zu pflegenden Vater und deshalb könne sie nicht durch die Stadt fahren. Bis zum *Alexandria Inn* ein Haus weiter sei es aber machbar. Sie hätte ein delikates Anliegen und zusätzlich Informationen über einen Fall, den ich längst als gescheitert abgeschrieben hatte.

Im Auftrag einer verzweifelten Mutter hatte ich ihre sechzehn Jahre alte Tochter gesucht, die hier in New York zuletzt gesehen worden war. Für die Polizei galt das Mädchen als Ausreißerin wie jede andere, die ihr Glück im Big Apple suchte und dabei nicht gefunden werden wollte. Deswegen hatte die Familie mich angeheuert, um zu finden, was die Cops nicht weiter interessierte. Leider war auch ich erfolglos gewesen. Die Spur hatte sich in einem Nachtclub verlaufen, den sie zwar besucht haben sollte, in dem sich aber niemand an sie erinnert hatte. Einige Anwohner erzählten mir, dass dieser Club von Hexen und Satanisten betrieben wurde und aus diesem Grund hauptsächlich Jugendliche anzog. Ich gab jedoch nichts auf das alberne Geschwätz alter Knacker und gelangweilter Hausfrauen. Bei meinen Ermittlungen war mir zwar aufgefallen, dass viele verschwundene Ausreißer diesen Nachtclub besucht hatten, aber am Ende zogen verruchte Etablissements junge Menschen an, auch solche, die abtauchten oder verschwanden. Ich hatte hinter der Geschichte eher eine ausgeklügelte Werbung für den Club vermutet. Es ärgerte mich, dass ich den Fall nicht hatte lösen können. Wenn es meine Zeit zuließ, hakte ich weiterhin bei Informanten in der vagen Hoffnung nach, das Mädchen irgendwann zu finden.

Die Anruferin hatte mir eine solche Spur versprochen. Leider hatte sie sich eher nebulös ausgedrückt, aber ihre honigsüße Stimme hatte mich verzaubert.

Wer war ich, wenn ich einer jungen Frau in Nöten nicht zur Hilfe kam?

Hinter der Tür versprachen der Rauch zahlloser Zigaretten und der Gestank schalen Biers einen kratzigen Hals und dröhnende Kopfschmerzen. Ich trat ein und suchte den Tisch, den mir meine Anruferin beschrieben hatte. Eine schäbige Bank, mit alten, verblichenen Polstern, in der Nähe des rückwärtigen Ausgangs. Die Kneipe war gut besucht und laut. Eine unwillkommene Kakophonie asbachuralter Schnulzen kämpfte gegen den Lärm der Gespräche.

Es glich einem Wunder, dass genau der verabredete Platz frei war. Ich legte Hut und Mantel ab und setzte mich. Bei dem schwitzenden und übergewichtigen Mann, der sich hinter dem Tresen hervorgewälzt hatte, bestellte ich einen Bourbon.

Hier saß ich und wartete auf meine mysteriöse Auftraggeberin. Das Getränk stellte der Wirt gelangweilt vor mir ab, ohne mich eines weiteren Blickes zu würdigen. Ich schaute ihm nachdenklich hinterher. Bisher war ich jedes Mal in ein Gespräch verwickelt worden, wenn ich alleine eine Kneipe betreten hatte. Der Kerl war offenbar nicht in Stimmung. Hinter seiner Theke zündete er sich eine Zigarette an und sprach mit zwei Gästen an der Bar. Ihrem dezenten Schaukeln entnahm ich, dass sie schon länger saßen und tranken. Meine Finger wanderten zur Brusttasche und ich steckte mir ebenfalls eine an. Der Rauch schwebte über der Tischplatte und ich drehte das Sturmfeuerzeug in der Hand.

Die Situation passte mir ganz und gar nicht. Von hier aus war es unmöglich, beide Zugänge im Blick zu halten. Obwohl ich selbst wenige Minuten zu spät erschienen war, sah ich meine Klientin nirgendwo – keine einzige Frau hatte sich in diesen Schuppen verirrt.

Ich hatte es mir zur Angewohnheit gemacht, bei Treffen mit Klienten nüchtern zu sein. Aus diesem Grund ließ ich das Glas mit dem goldenen Getränk vorerst unangetastet vor mir stehen. Mit jeder Minute, die verstrich, wurde der Inhalt jedoch verlockender. Der Bourbon rief mich seit Jahren, wie sonst Bauarbeiter einer heißen Frau hinterherpfiffen.

Der erste Schluck war zögernd und der Langeweile geschuldet. Falls dieses Mädchen unbedingt einen nüchternen Privatschnüffler wollte, hätte sie pünktlich sein müssen. Nachdem das Eis gebrochen war, trank ich den Rest des Glases. Zügig bestellte ich den Nächsten. Der Laden mochte versifft und stickig sein, doch die Getränkeauswahl war verlockend.

Mit dem zweiten Bourbon in der Hand schaute ich mich erneut suchend um. Noch immer hatte sich kein weibliches Wesen an diesen Ort verirrt, dafür hatten sich andere elende Säufer eingefunden, die an den Tischen und der Bar ihrem Laster nachgingen. Einer rief lallend einen Witz in den Raum, der sogar den Nebentisch zum Lachen brachte. Durch den Lärm hatte ich die Pointe nicht hören können und betrachtete enttäuscht mein leeres Glas.

»Trinken Sie immer so viel oder nur, wenn Sie nervös sind?«, fragte eine tiefe und raue Stimme mir gegenüber. Wie ein Schuljunge fühlte ich mich ertappt und schaute verwirrt auf.

Vor mir saß ein Priester, obwohl ich niemanden hatte kommen sehen. Die schwarze Kleidung seines Standes schluckte das schummrige Licht, doch der weiße Kragen leuchtete mir entgegen. Ich starrte ihn unverhohlen und mit leicht geöffnetem Mund an. In einer Kneipe wie dieser hatte ich viel erwartet, aber keinen Geistlichen. In dem faltigen Gesicht lag ein Lächeln, das seine Augen nicht erreichte. Er hatte die Finger verschränkt und tippte einen Daumen gegen den anderen. Diese monotone und stete Bewegung nervte und hinderte mich daran, klare Gedanken zu fassen. Ich ließ die Daumen nicht aus dem Blick, die immer und immer wieder aneinanderstießen. Tap – tap – tap. Er musste meinen Unmut gespürt haben, denn er legte die Hände in den Schoß.

Missmutig reckte ich das Kinn vor. In meiner Hitliste der Dinge, die mir Unbehagen bereiteten, kamen Priester direkt nach nervigen Marotten von Gesprächspartnern. In meiner Jugend hatte mir ein Rohrstock geduldig jedes Verständnis für Religion aus dem Leib geprügelt. Ich setzte selbst ein freudloses Lächeln auf und schüttelte den Kopf. »Pater, ich denke, dass Sie sich in der Tür geirrt haben. Und falls nicht, möchte ich ein derartiges Gespräch nicht führen. Ich bin verabredet.«

Er deutete ein Nicken an. »Ja, das sind Sie und deswegen bin ich hier. Ich fürchte, wir waren nicht ganz ehrlich zu Ihnen, denn ich wollte Sie treffen. Sarah hatte nur den Anruf getätigt.«

»Wir?«, platzte es ungehalten aus mir heraus. »Um mich hierherzulocken, schicken Sie eine Frau vor, die mich anlügt?«

Der Geistliche runzelte die Stirn, wodurch mich sein Gesicht an die hässliche Bulldogge meines Nachbarn erinnerte.

»Sie bitten mich um Hilfe, aber beginnen mit einer dreisten Lüge?« Ich stand auf, denn auf solche Spielchen hatte ich keine Lust. »Und jetzt erwarten Sie, dass ich Ihnen zuhöre? Ich verzichte. Sollten Sie ehrliche Informationen für mich haben, wissen Sie, wo mein Büro ist.« Ich wandte mich zur Tür.

Seine Hand umfasste meinen Arm. »Bitte bleiben Sie. Es ist wichtig für das Mädchen. Und auch für Sie. Hören Sie mich wenigstens an, wir bezahlen Ihnen auch die Auslagen.« In der Stimme des Pfarrers lag ein eindringliches Flehen. Ich bildete mir ein, eine Art Traurigkeit in seinem Blick zu erkennen.

Ich wog meine Optionen ab – der Kerl war mir zuwider. Aber falls ich blieb, konnte ich zumindest den Regen abwarten. »Na, schön. Jetzt bin ich ja eh schon hier.« Ich setzte mich zurück und zündete eine Zigarette an. »Sie haben Zeit, bis ich aufgeraucht habe, um sich zu erklären. Danach entscheide ich. Bleiben Sie also diesmal besser bei der Wahrheit, Pater. Und ich brauche noch einen.« Ich deutete auf das leere Glas.

Er nickte und winkte zum Tresen hinüber. Das nervige Tapsen der Finger nahm er nicht wieder auf.

Ich spielte mit dem Feuerzeug. »Vermutlich wäre ich zugänglicher, wenn Sie Ihre Sarah hergeschickt hätten, Pater. Ich rede lieber mit hübschen Mädchen als mit alten Männern.« Natürlich wusste ich nicht, wie diese Sarah aussah, aber jede Frau wäre mir lieber gewesen als der Pfaffe.

Mein Gesprächspartner betrachtete die Tischplatte einen Moment, bevor er zum Sprechen anhob. »Ihnen ist sicherlich bekannt, dass das *Alexandria Inn* als ehemalige Flüsterkneipe mit den Tunneln unter der Stadt verbunden ist? Heutzutage sind solche Zugänge meist zugemauert oder in Vergessenheit geraten. Hier im Keller gibt es aber immer noch einen versteckten Eingang zur ehemaligen Kanalisation.«

»Aha.« Die Geschichte der Flüsterkneipen interessierte mich kaum. Sie war aber ein beliebtes Thema der Touristenströme, die unaufhörlich diese Stadt wie eine biblische Strafe überschwemmten. Aber dieser Ort war selbst für die abenteuerlustigsten Touristen zu abgehalftert. Die Klientel in diesem Etablissement bestand hauptsächlich aus den Trunkenbolden der Gegend.

Der bestellte Bourbon wurde vor mir auf den Tisch geschoben, ohne dass der Wirt uns beachtete. Ich drehte die Zigarette zwischen den Fingern und beobachtete den Priester. Er zog an seinem Kragen und schluckte dabei. »Also, seit einiger Zeit verschwinden hier in der Gegend junge Frauen. Sarah und ich hatten einige zuletzt in dieser Kneipe gesehen, deswegen …«

»Moment«, unterbrach ich ihn. »Wenn es um vermisste Personen geht, warum schalten Sie dann nicht die Polizei ein? Die ist in solchen Fällen doch zuständig.«

Er nickte. »Durchaus. Aber bei jungen Frauen, die … na ja … bestimmten Berufen nachgehen, ist die Motivation der Polizei nicht so groß. Verstehen Sie?«

Das war also sein Problem, verschwundene Huren. Themen wie dieses waren für Gesetzeshüter kaum von Interesse, und ich bezweifelte, dass sie überhaupt ein Verbrechen vermuteten. Prostituierte tauchten auf und verschwanden, ohne dass es jemand mitbekam. Meist wollten die Damen aus guten Gründen kein Aufsehen um ihre Person machen. Der Priester schwitzte leicht und wirkte zunehmend nervöser.

»Ja, das kenne ich. Deshalb hatten Sie mich ja hergebeten. Aber was interessiert Sie das Verschwinden von Huren?«

»Als Pfarrer bin ich für das Wohl der gesamten Gemeinde zuständig. Auch für Schäfchen, die gelegentlich vom Weg abkommen. Deswegen haben Sarah und ich Ermittlungen aufgenommen.

Und wir haben hier unten in den Tunneln etwas gefunden, das mit Ihrem Fall zu tun haben könnte.«

»Ach? Und was haben Sie da gefunden?«

»Das sollten Sie sich besser selbst ansehen.«

Ich trank den Rest Bourbon und schüttelte den Kopf. »Eine tolle Geschichte erzählen Sie da. Die Sie mir hätten in meinem Büro erzählen können. Ihr Versteckspiel ist wirklich albern.« Ich drückte die Zigarette aus und griff meinen Hut, um zu gehen. Wie auf Kommando öffnete jemand die Tür und ich hörte über den Lärm der Besucher das Grollen eines Gewitters hereinwehen. Ich rollte mit den Augen. »Wissen Sie, wenn es nicht so schütten würde, wäre ich schon längst gegangen. Aber ich bin auch ein wenig neugierig und hasse es, wenn ich einen Fall nicht abschließen kann. Also, es ist Ihr Glückstag, ich gucke mir Ihr ominöses Ding an. Gehen Sie vor.«

Der Pfarrer erhob sich ächzend und nickte in die Richtung der rückwärtigen Tür. »Kommen Sie, ich zeige Ihnen den Weg.« Mit einer erstaunlichen Selbstverständlichkeit führte er mich in den winzigen Keller der Kneipe und schob dort einige Kartons beiseite. Darunter kam eine hölzerne Luke zum Vorschein, die er mit Mühe öffnete.

Interessiert beobachtete ich ihn und bot absichtlich keine Hilfe an. Dafür, dass der alte Pfaffe mich angelogen hatte, sollte er sich ruhig etwas abmühen. »Sie bewegen sich hier aber sehr sicher, Pater. Hätte nicht gedacht, dass der mürrische Wirt dort oben Sie einfach machen lässt.«

Anstatt sich zu erklären, zog er ein Taschentuch hervor und trocknete den Schweiß auf seiner Stirn. Er nickte zu der Luke. »Hier unten ist es, haben Sie eine Taschenlampe?«, fragte er und reichte mir eine, ohne eine Antwort abzuwarten.

Ich hatte heute Abend ein Gespräch mit einer potentiellen Klientin erwartet und keine Kletterpartie in der New Yorker Kanalisation. Unschlüssig betrachtete ich die kleine Lampe in seiner Hand. Ich konnte einfach gehen, nach oben oder gleich nach Hause. Der Pfaffe und seine Geschichte waren mir suspekt und ich hatte ihm nicht ein einziges Wort geglaubt. Irgendetwas führte der Kerl im Schilde. Doch falls er mir etwas antun wollte, hätte er das im Büro deutlich leichter haben können.

Es zog mich wirklich nichts in die New Yorker Abwässer, doch der Wunsch, diesen Fall endlich zu lösen, trieb mich an. Ich nahm die Taschenlampe entgegen und ließ den Pfarrer zuerst durch die Luke auf die abgenutzte Holzleiter. Zum einen traute ich ihm nicht und zum anderen hatte ich kein Interesse daran, zu erfahren, was Priester unter ihrer Soutane trugen.

Die Sprossen knarrten unter unserem Gewicht, doch das Konstrukt war stabil genug. Die Leiter führte in einen niedrigen Gang. Der Geruch von Moder und süßlicher Fäulnis schlug mir entgegen und legte sich unangenehm auf meine Zunge. Hier unten hatte ich keinen Rosenduft erwartet. Der Gestank erinnerte aber eher an ein überfahrenes Tier im Hochsommer. Ich würgte und presste mein Taschentuch vor die Nase. Die kühle Luft und der unerwartete Geruch ließen mich frösteln. Den Mantel hatte ich in der Kneipe gelassen.

Der Geistliche deutete in den Gang. »Hier geht es entlang, es ist nicht sehr weit.«

Ich schaltete die Lampe ein und folgte dem Mann. Die Wände bestanden aus sauber gemauerten Ziegelsteinen. Obwohl der Tunnel trocken war und kein Abwasser führte, nahm der süßliche Gestank von Verwesung zu. Ich unterdrückte ein erneutes Würgen und lief schweigend weiter.

Hinter einer Kurve blieb der Pfarrer abrupt stehen, sodass ich fast gegen ihn stieß. »Wir sind da.« Er stand vor einer angelehnten Holztür, in die verschnörkelte Zeichen eingeritzt waren.

Ich leuchtete die Muster ab. »Was soll denn das sein?«

»Das sind …«

»Ist dort jemand?«, wimmerte eine helle Stimme aus dem Raum. »Bitte, helfen Sie mir!«

Ich stieß die Tür auf und trat auf die Schwelle. Finsternis lag vor mir, nur von dem dünnen Strahl meiner Taschenlampe unterbrochen. Feine Staubkörnchen tanzten in dem Lichtkegel. Der widerliche Gestank war hier deutlich stärker.

»Möge Gott Ihrer Seele gnädig sein«, flüsterte der Pfarrer hinter mir. Ein eiskalter Schauer lief meine Wirbelsäule entlang und ich öffnete irritiert den Mund, um nach der Bedeutung seiner Worte zu fragen, doch er stieß mich in den Raum. »Vergeben Sie mir, ich wollte das nicht.« Er schlug die Tür zu. Ein feines Kratzen deutete darauf hin, dass er sie verriegelte.

»Was soll die Scheiße?«, brüllte ich gegen das Holz. »Machen Sie sofort diese verdammte Tür auf, Sie mieser Hundesohn!«

Die Tür blieb verschlossen und eine Antwort aus. Ich atmete ein, um mich zu beruhigen. Dank des durchdringenden Geruchs in der Luft bereute ich den tiefen Atemzug sofort.

Ich war hier nicht allein. Jemand hatte gerufen. Langsam leuchtete ich die Dunkelheit ab. Die Größe des Raumes machte es mir unmöglich, die Wände zu erkennen. Quadratische Säulen stützten zu beiden Seiten die Decke. Ich setzte meine Füße mit Bedacht auf, um keine Geräusche zu verursachen. Nach einigen Schritten fiel mir auf, dass ich den Atem gespannt angehalten hatte. Völlig unsinnig aufgrund des Lichts. Obwohl mein Herz schnell klopfte, zwang ich mich zu ruhigen Atemzügen. Gegen den Gestank drückte ich das Taschentuch fester vor Mund und Nase.

»So treffen wir uns also endlich, kleiner Schnüffler«, flötete die Stimme von eben hinter mir. Das Wimmern war verschwunden. Ich wirbelte herum. Zwischen zwei Säulen stand eine junge Frau. Ein rotes Seidenkleid, das ihre üppigen Rundungen aufreizend umspielte, bedeckte ihre bleiche Haut. Sie war verflucht heiß und unter anderen Umständen hätte ich sie sicherlich zu einem Drink eingeladen.

»Sie sind dann vermutlich Sarah?«, knurrte ich.

Sie nickte und stolzierte auf mich zu. »So ist es, gut kombiniert, kleiner Detektiv.«

»Was zum Geier wollen Sie? Was ist das hier für ein Ort?«

Bei jedem Schritt blitzte Ihr Oberschenkel unter einem seitlichen Schlitz in ihrem Kleid auf. Von ihr ging eine unnatürliche

Bedrohung aus, doch mein Körper gab dem Wunsch, zurückzuweichen, nicht nach. Stattdessen starrte ich sie gebannt und fasziniert an. Sie blieb vor mir stehen und streichelte über meine Wange. Ihre Finger waren verflucht kalt und die Berührung ließ mich ungewollt erschaudern. »Oh, kleiner Schnüffler, ich will vieles. Aber vor allem will ich meine Ruhe vor Nervensägen wie dir. Deshalb wird das hier dein Grab.«

»Lady, Sie überschätzen Ihre Fähigkeiten.« Unter meinem Jakett schmiegte sich mein treuer Revolver an mich. Vor einer Frau im Abendkleid hatte ich keine Angst.

Ihr Blick verfinsterte sich und das spöttische Lächeln wurde zu einer hässlichen Fratze. Im Schein der Taschenlampe glänzten ihre spitzen Zähne bedrohlich auf. Zähne wie von einem Raubtier. Aus den Schatten glommen gelbe und grüne Augen. Meine Kehle schnürte sich zu und ich verstummte.

»Ja, jetzt hast du doch Angst«, zischte sie.

Mein Körper gab endlich dem Willen nach und wich zurück. Ich stolperte und verlor die Lampe, die klirrend hinter eine Säule rollte. Einen Augenblick später landete ich unsanft auf dem Boden. Der Aufprall trieb mir die Luft aus den Lungen. Innerlich schalt ich mich für diese Tollpatschigkeit. Meine Finger tasteten über die kalten Steine und langsam kroch ich auf das Licht der Taschenlampe zu.

Aus dem Dunkel grollte ein animalisches Knurren.

Ich erreichte eine Wand und richtete mich auf.

Die Lampe lag einige Meter vor mir. Durch den Lichtstrahl huschte ein Schatten auf vier Beinen hinter eine der Säulen.

Zitternd fuhr ich mit der Hand an den Steinen entlang und schob meine Füße langsam vorwärts. Es musste einen Ausweg aus diesem Höllenloch geben.

Sarah kicherte leise. »Möchtest du mit uns spielen, ja? Willst du dich verstecken?«Ihre Stimme klang bedrohlich nahe.

Ich griff an das Holster. Den Revolver sicherte ein simpler Lederriemen. Bei dem Versuch, den Druckknopf zu lösen, rutschten meine Finger hilflos ab. Sie waren schweißnass.

»Wir finden dich überall.« Das Monster stand direkt vor mir, ihre Augen leuchteten grün.

»Nein«, flüsterte ich mit rauer Stimme.

Krallen griffen in meine Haare, zerrten meinen Kopf zur Seite. Erneut durchfuhr mich diese grausame Kälte. Ich stand starr an die Wand gedrückt. Sarah roch nach Verwesung und billigem Parfum, aber ihren Atem spürte ich nicht. Mit rasendem Herzen fummelte ich ungeschickt an dem Holster herum. Wie in Zeitlupe bohrten sich spitze, eisige Dornen in meinen Hals. Der Schmerz konkurrierte mit der Kälte und ich wimmerte wie ein kleines Kind.

Sie hatte mich gebissen!

Ich schnappte verzweifelt nach Luft. Das leise Klacken des Druckknopfes erahnte ich mehr, als es zu hören.

Der Revolver war frei!

Ich zog ihn aus dem Holster und drückte ab. Der Körper schluckte das Mündungsfeuer, aber nicht den Knall. Er hallte von den Wänden wider und verursachte das charakteristische Pfeifen in den Ohren. Der Rückstoß riss mir fast die Waffe aus den zitternden Fingern. Ohne das Ergebnis des Schusses zu prüfen, hechtete ich blind auf die Taschenlampe zu. Meine Hand bekam den Griff zu fassen. Ich rollte mich ab und leuchtete in den Raum. Dort lag Sarah auf dem Bauch, ein hässliches Loch im Rücken. Um sie herum standen drei Kerle. Die Gesichter ebenfalls zu Fratzen verzogen, bleckten sie ihre Zähne. Die Finger endeten in abscheulichen Krallen.

Ich zielte auf sie. »Bleibt, wo ihr seid, oder es ergeht euch wie ihr.« Meine Stimme war dumpf und verzerrt. Durch den Schuss überlagerte weiterhin das Pfeifen die restlichen Geräusche. Ich hatte keine Ahnung, ob sie verstanden hatten, aber sie blieben neben der Leiche stehen und beäugten den Revolver. Ich suchte mir eins der drei Ziele aus und zielte. Eine Bewegung hielt mich vom Schuss ab. Sarahs Krallen zuckten, ballten sich zu Fäusten. Ich schrie auf.

Das durfte nicht sein, ich hatte sie doch erschossen!

Das Weib richtete sich langsam auf und klopfte den Staub von der Kleidung. Das Loch in ihrer Brust schien sie dabei nicht zu stören. Sie öffnete den Mund und legte den Kopf in den Nacken. Ein kehliger Laut drang zu mir. Sie lachte. Ungläubig starrte ich die vier Monster an. Sie deutete grinsend auf mich. In meiner Zeit bei der Armee hatte ich so einige Scheiße gesehen, aber diese *Wesen* dort in der Finsternis jagten mir eine Höllenangst ein – normale Menschen standen nach einer derartigen Verletzung nicht wieder auf.

Ich drehte mich um und rannte an den Wänden entlang. In einer Ecke wich ich nur knapp einigen Holzfässern aus. Der Lichtkegel sprang vor mir auf und ab. Vor mir tauchte die Tür auf. Verzweifelt rüttelte ich daran, doch sie ließ sich nicht öffnen. Erneut lief ich die Mauern ab, um einen Ausweg zu finden. Gegenüber den Fässern sah ich einen schmalen, dunklen Spalt in der Wand. Unschlüssig blieb ich davor stehen und leuchtete hinter mich. Die vier Monster standen direkt vor den Fässern und grinsten amüsiert.

»Es gibt kein Entkommen für dich. Aber wenn du möchtest, können wir dich noch etwas jagen.« Sarahs Stimme klang weiterhin ein wenig dumpf, wenigstens konnte ich langsam wieder hören.

»Das macht dir Spaß, oder?«, keuchte ich.

Sie nickten. »Oh ja, kleiner Mensch.«

Die Fässer waren mit Brandzeichen markiert, die ich schon früher gesehen hatte. Mir fiel leider nicht ein, wann und wo. »Warum ich?«, rief ich, um Zeit zu schinden. Das Licht richtete ich auf die Monster und versuchte, aus den Augenwinkeln den Spalt zu erkennen. Es handelte sich um den Anfang einer Rutsche. Eine Art Ablauf. Ich würde hindurch passen.

»Am Ende ist es uns egal, wen uns der Pfarrer so bringt. Aber deine Schnüffeleien wurden mir zu gefährlich.« Sarah hatte wieder das Wort übernommen. »Und man kann ja das Nützliche und das Spaßige kombinieren.«

Erneut schielte ich zum Spalt.

»Oh, da gibt es keinen Ausgang für dich. Spar dir die Mühe. Es ist nur ein kleiner Raum, ohne Türen.«

»Ihr werdet …« Meine Stimme versagte. Ich räusperte mich. »Ihr werdet mich jetzt töten?« Es war zwar absurd, hier in diesem Keller zu sterben, aber den Tod fürchtete ich nicht.

»Das war der Plan. Oder hast du noch etwas zu erledigen?«

Mir fiel ein, wo ich die Zeichen auf den Fässern gesehen hatte – in der Kneipe. »Eine Sache gibt es noch.« Ohne Zögern hob ich die Waffe und schoss dreimal.

Die vier lachten. »Daneben«, frotzelte einer.

»Einen Versuch war es wert«, flüsterte ich und schob den Revolver zurück ins Holster. »Also ist es jetzt vorbei?«

Sarah grinste breit. »Ja, ich denke schon. Wollen wir dann zu Abend essen?«

»Darf ich noch?« Ich hielt ihr meine Zigaretten hin.

»Vor dem Essen?« Sie nickte. »Nur zu. Die Dinger werden dich mit Sicherheit nicht mehr umbringen.« Ihre drei Kumpane lachten gefällig über den schlechten Witz.

Die Lampe unter dem Arm geklemmt, zog ich einen Glimmstängel hervor und entzündete ihn am Sturmfeuerzeug. Die vier beäugten die Flamme argwöhnisch und wichen kaum merklich zurück.

»Doch, eine Frage hätte ich, wenn ich darf?« Ich klappte das Feuerzeug zu, behielt es allerdings in der Hand.

Sie blinzelte. »Du bist ganz schön frech. Erst die Zigarette, dann die Frage. Und mein Kleid hast du auch noch ruiniert. Ich habe es geliebt!« Sarah rollte theatralisch die Augen.

»Tut mir leid.« Es war ein attraktives Kleid und eine Schande, dass ich es hatte zerfetzen müssen.

»Das glaube ich dir sogar. Du hast eine Zigarette lang Zeit. Also frag.«

»Wieso habt ihr mich hierher gelockt? Mit dem Priester, das war doch sicherlich viel Aufwand.«

Sie nickte lächelnd. »Es ging nicht nur ums Essen. Der Pfaffe lernt zu gehorchen und du …« Sie zog die Oberlippe nach oben. »Du hast mir zu viel herumgeschnüffelt. Wegen der verschwundenen Gören und Nutten. Du bist uns einfach zu nahe gekommen. Ist nicht persönlich.«

»Wieso hilft er euch? Sollte ein Priester nicht Dämonen bekämpfen?«

Sarah schnaubte. »Zuerst einmal bin ich kein Dämon, ja? Und dann gibt es verschiedene Gründe für Menschen, ihren Glauben zu verraten. Hier ging es um Geld.«

»Geld?« Ich blinzelte sie an und schüttelte den Kopf. »Der Mann hat mich euch ausgeliefert, weil ihr ihn bezahlt?«

Sie winkte ab. »Oh, Henry, so einfach ist das nicht. Seine Kirche ist pleite. Kam keiner mehr rein, der was in den Klingelbeutel warf, die Menschen sind ungläubige Sünder geworden. Er hat nach einem Schatz gesucht und mich gefunden.« Sie kicherte. »Nun, ich bin ja auch eine Art Schatz, oder? Auf jeden Fall tut der Mann, was ich sage. Ein kleines Opfer dann und wann und die Leute scharen sich wieder um ihn.«

»Das verstehe ich nicht.«

»Wenn es Menschen gut geht, verschwenden sie keine Gedanken an ihre Götter. Aber wenn es ihnen schlecht geht, rücken sie zusammen in ihren Kirchen. Seit hier in der Nachbarschaft Menschen verschwinden, suchen die Überlebenden Rat bei unserem lieben Pfarrer.« Sarahs Blick fiel auf die Glut meiner Zigarette, die den Filter erreicht hatte. »Sind wir jetzt fertig?«

»Ja.« Ich schnipste ihr die Kippe entgegen.

Wie erwartet schauten alle vier dem Glimmstängel hinterher. Mit der anderen Hand schnappte ich das Feuerzeug auf und warf es vor die Vampire. Es traf, wie ich gehofft hatte, die Lache Bourbon, die sich mittlerweile um ihre Schuhe gebildet hatte. Sofort stand die Ecke in lodernden Flammen. Die Monster schrien auf und versuchten panisch, dem Feuer zu entkommen. Dabei stolperte einer und riss die anderen zu Boden.

Ich sprang in den Spalt und rutschte hinab. Die Schräge war kurz und ich kam auf allen vieren zum Stehen. Der Verwesungsgeruch war hier unten derart intensiv, dass ich mich übergab. Über mir kreischten die Monster. Ich kroch von meinem eigenen Erbrochenen fort und stieß an eine Wand. Dort blieb ich sitzen und leuchtete den Raum ab. Er war winzig und hatte keine weiteren Ausgänge. Die Quelle für den widerlichen Gestank erkannte ich sofort. Knapp ein Dutzend Leichen lag in verschiedenen Stadien der Verwesung achtlos übereinandergestapelt. Ich kämpfte gegen die erneute Übelkeit an.

Das Kreischen über mir endete abrupt und düstere Stille erfüllte den Raum. Das Zittern meiner Muskeln ließ nach. An den Geruch konnte man sich nicht gewöhnen, aber den Würgereiz zumindest unterdrücken.

Ich umfasste die Taschenlampe und untersuchte die Toten eingehend. Am Hals eines stark verwesten Körpers blitzte eine feingliedrige, goldene Kette mit einem markanten Anhänger. Ich betrachtete ihn genauer. Dieses Unikat hatte mir eine verzweifelte Mutter vor einigen Monaten beschrieben. Das vermisste Mädchen. Unwillkürlich entkam meiner Kehle ein trockenes Kichern. Dieser Fall war also gelöst.

Ich krabbelte die Stiege nach oben.

In der Ecke zeugten lediglich Aschehäufchen von dem Feuer, aber an der Wand lehnte eine Gestalt. Zusammengesunken saß dort der Pfarrer. An seinem Hals und in seiner Brust klafften hässliche Wunden. Ich vermutete, dass das Kreischen der Monster ihn hierher gelockt hatte, und er den Raum betreten hatte, um zu helfen. Sie hatten es ihm nicht gedankt.

Ich nickte dem Toten zu. »Möge Gott auch Ihrer Seele gnädig sein, Pater.«

Vorsichtig näherte ich mich der Ecke, um die Asche zu untersuchen. Doch die Taschenlampe flackerte bedrohlich und ich benötigte sie für den Rückweg.

Die Tür stand offen. Ich konnte nur hoffen, dass kein Monster dem Flammentod entkommen war.

Eilig verließ ich die Kanalisation und kehrte zurück in das *Alexandria Inn*. Der Trubel der Kneipe irritierte mich. Die Männer und Frauen tranken und lachten, als wäre nichts geschehen.

Ich tapste zum Tresen. Der Blick des Wirts hellte sich auf. »Ah, da sind Sie ja wieder. Sehr gut. Hier, das hatten Sie vergessen.« Er reichte mir mein Sturmfeuerzeug, das ich verwundert entgegennahm. »Soll es das Übliche sein?«

»Was?«

»Möchten Sie das Gleiche wie sonst trinken?« Zur Bestätigung seiner Frage deutete er auf das Regal hinter sich. Auf Glasböden reihten sich die Spirituosen, in freundliches Licht getaucht stand dort meine Bourbon-Marke. Direkt daneben eine Flasche mit dem Zeichen, das ich auf den Fässern im Keller gesehen hatte.

Ich deutete auf die Tür und stammelte verwirrt. »In der Kanalisation … der Priester … Polizei rufen.«

Er nickte. »Ich verstehe. In unserer Toilette war wieder der geheime Gang in die Kanalisation? Das ist kein Problem.«

Ich blinzelte und betrachtete das Neonschild über der Tür. Es zeigte zwei stilisierte Personen, mit und ohne Kleid. Vorhin hatte es dort nicht gehangen, dessen war ich sicher.

Er deutete auf eine Bank mit weichem, grünlich schimmernden Polster. »Setzen Sie sich doch, ich bringe Ihnen Ihre Medizin.« Der Wirt zwinkerte und wandte sich seinem makellosen Tresen zu. Ich setzte mich an den Tisch neben der Tür. Er folgte mir und stellte ein Glas darauf ab. »Nehmen Sie es mir nicht übel, aber Sie sollten mal wieder duschen.«

Ein Pärchen öffnete die Eingangstür. Der Wind trieb nasse Blätter und frische, kühle Luft in die Kneipe.

Ich nickte dem Wirt zu und zündete mir eine Zigarette an. In meiner Hand lag die goldene Kette. Nachdenklich betrachtete ich den glänzenden Anhänger.

SARAH O'LANGE

Das Gasthaus hinter der Brücke

EIN TIEFES GROLLEN LIESS mich hochschrecken. In den pfeifenden Sturmböen ächzten die Bäume. Die Plane zitterte bei jedem Windstoß. Benommen lauschte ich in die Nacht hinein, ein erneuter Donnerschlag ertönte. Mit einem Fluch auf den Lippen strampelte ich mich aus meinem Schlafsack frei und stopfte meine Habseligkeiten in den Wanderrucksack.

Der Wind, der durch den Wald fegte, war ein Vorbote des näherkommenden Unwetters.

Den Rucksack in der Hand öffnete ich den Reißverschluss meiner Behausung, woraufhin mir eine heftige Böe ins Gesicht schlug. Der Sturm zerrte mit solcher Gewalt an meinem Zelt, dass ich Angst hatte, es würde jeden Moment in die Dunkelheit fortgerissen werden. Ich war umgeben von hohen Bäumen. Würde einer von ihnen durch den Sturm umstürzen, könnte das böse enden. Weiter zu gehen war nicht sicher. Mich zu verlaufen wäre lebensgefährlich. Einen Moment wägte ich meine Optionen ab und beschloss dann, meinen Weg fortzusetzen. Ich musste raus aus dem Wald, vielleicht war hier irgendwo eine Hütte, die mir Unterschlupf gewähren würde.

In meinem Rucksack suchte ich nach der Landkarte und der Taschenlampe. Das Handy hatte ich bewusst zu Hause gelassen, um mir eine Auszeit zu nehmen, nachdem ich meinen Verlobten in flagranti erwischt hatte. Mit Karte und Lampe bewaffnet kniete ich mich in den Windschatten hinter dem Zelt.

In meiner Nähe war ein Gasthaus verzeichnet. Der Trampelpfad neben meinem Lager führte zu einer Brücke. Von dort aus war es ein kurzes Stück bis zum Haus. Ein paar Meter vor dem Fluss gabelte sich der Weg. Um mich nicht zu verlaufen, musste ich mir merken, welcher Abzweig der richtige war.

Ein erneuter Donnerschlag ließ mich zusammenzucken. Es war Zeit aufzubrechen.

Das Zelt bei einem solchen Sturm abzubauen, war ein extremer Kraftakt. Obwohl es eine simple Konstruktion war, die mit wenigen Handgriffen zusammenzulegen war, der Wind hätte es mir einmal beinahe aus den Händen entrissen. Nachdem ich es einigermaßen zusammengerollt und auf den Rucksack geschnallt hatte, schulterte ich diesen. Die Taschenlampe in der Hand lief ich los.

Die Müdigkeit erschwerte es mir, den gewaltigen Böen standzuhalten. Mit jedem zurückgelegten Meter wurden sie stärker. Das Gewitter kam unerbittlich näher, der leichte Nieselregen, der eingesetzt hatte, entwickelte sich binnen von Sekunden in einen heftigen Wolkenbruch, vor dem mich selbst die Regenjacke nicht schützen konnte. Es dauerte nicht lange und ich war bis auf die Knochen durchnässt. Der nasse Stoff der Hose klebte mir an den Beinen. Ein ekliges Gefühl.

Die Wassermassen hatten den Trampelpfad in einen schlammigen Sumpf verwandelt. Der Schein meiner Lampe schaffte es kaum, den wässrigen Vorhang zu durchdringen, aber es reichte, um den Weg vor mir zu erkennen.

Ein gleißendes Licht erhellte die gesamte Umgebung, weshalb ich instinktiv meine Augen mit den Armen schützte. Der darauf folgende Donnerschlag zerriss das Rauschen des Regens. Erschrocken verlor ich für einen Augenblick das Gleichgewicht. Der Boden vibrierte unter meinen Füßen wie bei einem Erdbeben. Während ich mich langsam an die Dunkelheit gewöhnte, stieg mir der Geruch von verbranntem Holz in die Nase. Das Blut rauschte in meinen Ohren – oder war es der Regen? Mein Schädel brummte. Benommen sah ich mich um, überall lagen Holzstücke verteilt. Eines davon hatte mich wohl am Kopf getroffen. Behutsam tastete ich die Stirn ab, war aber, wie durch ein Wunder, unverletzt. Ich stand bis zu den Knöcheln im Schlamm und langsam sickerte das Geschehene durch. Unweit von mir war ein Blitz in einen Baum eingeschlagen. Während der Schock nachließ, wurde mir bewusst, dass ich verdammt viel Glück gehabt hatte. Ein paar Meter näher, und es wäre weniger glimpflich ausgegangen. Innerlich dankte ich dem Schutzengel, der über mich gewacht haben musste. Mein Herz schlug heftig in der Brust. Ich atmete tief durch, um mich zu beruhigen.

Ich musste weiter, lief schneller, um dem Unwetter zu entkommen, um dieses Haus zu erreichen, ehe noch was Schlimmeres passierte.

Der Wald vor mir lichtete sich. Der schlammige Pfad führte hinaus auf eine baumlose Ebene. Als ich die Weggabelung erreichte, blieb ich stehen und zögerte. Welcher Weg war der Richtige? Ich rief mir die Karte in Erinnerung und traf eine Entscheidung.

Nach wenigen Schritten kam die Brücke in Sicht.

Beim Näherkommen fiel der Schein der Lampe auf die Holzplanken. Einige waren rissig, bei anderen fehlte ein Stück. Unsicher betrat ich die Brücke, das Holz knarrte unter meinen Füßen, vorsichtig setzte ich einen Fuß vor den anderen, aus Angst, dass die Bretter schlagartig nachgaben und ich in den Fluss stürzte. Mir war bewusste, dass ich bei dieser Strömung keine Chance hätte. Schritt für Schritt tastete ich mich weiter. Erleichtert, heil am anderen Ufer angekommen zu sein, schöpfte ich für den restlichen Weg neue Kraft.

In der Ferne erkannte ich winzige, verschwommene, gelbliche Lichtpunkte, die hoffentlich zu dem Gasthaus gehörten. Mit jedem Schritt wuchsen die Lichter zu Fenstern heran. Die Dunkelheit gab langsam die Umrisse eines alten, halb vermoderten Bauernhauses mit einem löchrigen Dach preis. Nicht das, was ich mir vorgestellt hatte. Ich hoffte, dass es innen nicht so heruntergekommen war. Über der Tür hing ein verwittertes Schild mit der eingeritzten Inschrift »Alexandria Inn«.

Ich drückte das kühle, nasse Metall der Klinke herunter und öffnete die Tür. Warme Luft schlug mir entgegen. Zügig trat ich ein und ließ die Tür zufallen. Mit einem erstaunlich leisen Klicken fiel sie ins Schloss.

Neugierig inspizierte ich den Gastraum. Er war geräumig, spärlich beleuchtet, weshalb Teile von ihm im Schatten verborgen lagen. Alles hier ähnelte den alten Saloons in Wild-West-Filmen. Überall verteilt standen kleine, runde Tische, an denen vereinzelt, in Gruppen oder alleine saßen, in schwarze Kutten gekleidete Menschen. Die anderen Gäste hatten bei meinem Eintreten kurz die Köpfe gehoben, nach einem prüfenden Blick starrten sie erneut mit ausdruckslosen Gesichtern in ihre Gläser. Das Szenario war bizarr.

Hinter einer heruntergekommenen Theke stand ein beleibter, misslaunig dreinblickender Wirt, der sie mürrisch musterte. Unauffällig sah ich mich um, konnte jedoch keine Kameras entdecken, die auf ein Filmset schlossen. Verunsichert lief ich zum Tresen und blieb davor stehen. Das Wasser tropfte aus meiner Kleidung zu Boden und bildete langsam kleine Pfützen. Mit einer Hand strich ich mir die Kapuze vom Kopf und eine nasse Haarsträhne aus dem Gesicht. Trotz des Feuers, das im Kamin loderte und eine wohlige Wärme verbreitete, fröstelte ich.

Der Gastwirt war ein kahlköpfiger Mann in den Vierzigern, mit Stiernacken und Händen wie Bärenpranken. Eine stützte er auf das verschlissene und aufgequollene Holz der Theke. Mit der anderen ließ er einen fleckigen, grauen Lappen über die Oberfläche gleiten, der derart unhygienisch aussah, dass ich Mühe hatte, den aufkeimenden Ekel zu unterdrücken.

»Guten Abend, wäre eins ihrer Zimmer frei? Ich bräuchte für diese Nacht eine Unterkunft, zum Schutz vor dem Unwetter.«

Ohne mich eines Blickes zu würdigen, wischte er weiter.

»Wollen Sie mich wieder hinaus in den Regen schicken?«

Erneut wurde ich ignoriert. Ärger stieg in mir hoch. Die Müdigkeit war in allen Knochen zu spüren, meine Kleidung klebte wie eine zweite Haut an mir und ließ mich frieren. Das Einzige, was ich wollte, war ein Ort, an dem ich mich aufwärmen und ausruhen konnte. In der Hoffnung, eine Antwort zu bekommen, wartete ich, aber der Wirt behandelte mich weiterhin wie Luft.

Genervt stieß ich einen Fluch aus und beschloss, diesen ungastlichen Ort zu verlassen. Mit jeder Sekunde fühlte ich mich unwohler. Warum konnte ich nicht sagen, etwas hier ließ mich wachsam sein. Die Aussicht, hierbleiben zu können, bis das Gewitter weiter zog, war verlockend. Mein Bauchgefühl hatte mich noch nie getäuscht, es wäre besser, nicht länger zu bleiben, als nötig.

Vielleicht gab es in näherer Umgebung eine alte Scheune, die Unterschlupf bot. Meine Hand hatte ich bereits auf die Klinke gelegt, da wehte die tiefe, dezent lallende Stimme des Wirtes zu mir. »In Ordnung, bleiben Sie.«

Mit einer Mischung aus Überraschung und Misstrauen wegen seines Sinneswandels drehte ich mich um und sah einen angelaufenen Schlüssel auf dem Tresen liegen.

Mit gemischten Gefühlen kehrte ich um und nahm das kleine Stück Metall zögernd in die Hand. Einerseits war ich erleichtert, vor dem Unwetter sicher zu sein, andererseits war da eine Stimme in meinem Kopf, die mir riet zu gehen. Schlussendlich siegte die Sehnsucht nach einem Bett und einem schönen Bad zum Aufwärmen.

Ehe ich mich bedanken konnte, sagte der Wirt barsch: »Erste Tür links. Bezahlt wird morgen.«

Er drehte mir seinen breiten Rücken zu, ein eindeutiges Zeichen, dass diese Unterhaltung beendet war. Ich wandte mich der hölzernen Treppe zu. Gerade als ich einen Fuß auf die unterste Stufe gesetzt hatte, ergriff jemand meinem Arm.

Vor Schreck stieß ich einen spitzen Schrei aus. Keiner der anderen Gäste sah herüber, offenbar hatten niemand mitbekommen, was in ihrer Nähe passierte. Eine junge Frau – ich schätzte sie auf mein Alter – stand vor mir. Ihre schulterlangen Haare waren zerzaust. Ihre Augen sahen mich an, aber ich hatte das Gefühl, sie würde mich nicht wahrnehmen. Sie schwankte, als hätte sie zu viel getrunken. Perplex starrte ich sie an.

Sie öffnete den Mund und stieß einige unverständliche Laute aus.

»Alles in Ordnung?«, fragte ich leise.

Bevor sie mir antworten konnte, trat eine weitere Gestalt heran, die im Schatten verborgen gewesen war. Ein schlanker, hochgewachsener Mann mit ordentlich nach hinten gekämmten Haaren und einem gepflegten Dreitagebart. Durch seinen Anzug wirkte er wie ein Fremdkörper in dieser Umgebung. Seine Ausstrahlung fesselte mich sofort. Es schien unmöglich, seiner Aura zu widerstehen. Ich hatte das Gefühl, dass er mich völlig vereinnahmte. In seinen grünen Augen lag ein bedrohlicher Ausdruck, seine Lippen umspielte ein wohlwollendes Lächeln. Dieser Kontrast verursachte mir Gänsehaut.

»Entschuldigen Sie meine Schwester, sie hat zu viel getrunken.« Seine Stimme war tief und samtig.

»Äh. Alles in Ordnung«, stammelte ich schwach.

Sanft legte er seinen Arm um die Frau. Ihr Blick schweifte weiterhin in die Ferne, in ihren Augen lag ein Ausdruck, der mein ungutes Gefühl verstärkte: Angst. Wovor fürchtete sie sich?

Doch bevor ich meine Sorge über den Zustand der Frau äußern konnte, führte er sie von mir fort, auf die andere Seite des Schankraumes. Misstrauisch folgte ich den beiden mit den Augen. Er eine machte unauffällige Geste in Richtung des Wirtes. Dieser nickte knapp und schickte sich an, zwei Gläser aus dem Regal zu holen und diese zu befüllen. Auch wenn es mir schwerfiel, wandte ich mich ab. Das ungute Gefühl blieb, während ich die Treppe hinaufstieg.

Den oberen Flur erhellte eine flackernde Lampe, die kaum Licht spendete. Der Lack an den Türen blätterte bereits ab. Ich öffnete die Tür zu dem Zimmer, das mir der Wirt mir zugewiesen hatte, und blickte in einen kärglich eingerichteten Raum. Es war Schlafzimmer und Badezimmer in einem, keine Suite, aber warm und trocken.

Ein Bett und ein Hocker waren die einzigen Sitzgelegenheiten, auf der anderen Seite stand eine alte, angerostete Badewanne und an der Wand hing ein genauso verrostetes Waschbecken. Die

Wärmequelle des Raumes war ein schlichter Kamin, in dem ein knisterndes Feuer loderte. Auch wenn die Wanne nicht einladend wirkte, drehte ich den Hahn auf und ließ dampfendes Wasser ein. Gerade hatte ich mich der nassen Kleidung entledigt und sie zum Trocknen vor dem Feuer ausgebreitet, da klopfte es an der Tür. Eilig schlang ich mir ein Handtuch um den nackten Leib und öffnete die Tür. Mir gegenüber stand der Wirt mit einem Teller, auf dem eine dicke Scheibe Brot und ein Stückchen getrocknete Salami lag. In der anderen Hand hielt er einen Becher. Wortlos trat er ein, ohne auf meine Erlaubnis zu warten, und stellte das Mitgebrachte auf dem Hocker ab. Genauso stumm, wie er gekommen war, verließ das Zimmer.

»Danke«, rief ich ihm hinterher und schnitt eine Grimasse, während die Tür ins Schloss fiel.

Das Servierte sah nicht sonderlich appetitlich aus, aber mein knurrender Magen verlangte nach dem, was auf dem Teller lag. Es war eine Abwechslung zu meinem Proviant, der mir aus den Ohren hing. Seufzend nahm ich die Brotscheibe. Diese war weicher, als sie aussah. Der erste Bissen ließ mich direkt mit der Übelkeit kämpfen, das Brot hatte einen fauligen Beigeschmack. Ich griff nach dem Becher, um den ihn aus dem Mund zu bekommen, und leerte den Inhalt in einem Zug, doch statt dass es half, schien es ihn im ganzen Mundraum zu verteilen.

Um meine Laune ein wenig zu heben, ließ ich mich in das wohlige Wasser gleiten und schloss die Augen.

EIN RAUNEN DRANG an meine Ohren. Mühsam versuchte ich, die Augen zu öffnen, doch meine Lider fühlten sich an, als wären sie mit Gewichten beschwert. Mein Kopf schmerzte. Beim Versuch, die Arme zu bewegen, stieß ich auf Widerstand, jemand hatte sie mir auf dem Rücken zusammengebunden. Panik schnürte mir die Kehle zu. Ich schaffte es nicht, meine Augen zu öffnen, weshalb ich mich auf die anderen Sinne konzentrierte. Die unterschiedlichsten Gerüche stiegen mir in die Nase. Eine

Mischung aus verbranntem Holz und Regen. Von oben fielen keine Tropfen mehr hinab, der Regen hatte zum Glück aufgehört. Mein Verstand war benebelt, weshalb es mir schwerfiel, das alles zu begreifen. Anscheinend war ich außerhalb des Gasthauses. Fieberhaft versuchte ich, mich zu erinnern, doch da war nur Leere.

Ich saß an etwas Hartes gelehnt, die Feuchtigkeit der nassen Erde, war auf meiner Haut zu spüren. Ein Schock durchfuhr mich. War ich nackt? Erneut kämpfte ich gegen die Trägheit an und schaffte es, die Augen zu öffnen.

Ich befand mich am Waldrand, im Schein der Fackeln erkannte ich die ersten Bäume in der Dunkelheit der Nacht. Das Bild, das sich mir bot, jagte einen eiskalten Schauer über meinen Rücken. Menschen in langen schwarzen Kutten hatten einen Kreis um mich herum gebildet, die Kapuzen tief in die Gesichter gezogen. In ihren Händen hielten sie brennende Fackeln, welches die Bedrohlichkeit der ganzen Szenerie betonte. Wenige Meter vor mir erkannte ich Holz, das zu einem Haufen aufgetürmt war. Mein ganzer Körper zitterte, ob wegen der Angst oder der Kälte, konnte ich nicht sagen. Fragen schossen mir durch den Kopf, ohne das ich Antworten hatte.

Was war das für eine Gruppe? Warum war ich gefesselt? Was hatten sie vor?

Die Umstehenden hatten offenbar nicht bemerkt, dass ich wieder bei Bewusstsein war. Um mir daraus einen Vorteil zu verschaffen, schlug ich die Lider nieder und beobachtete das Geschehen durch meine halb geöffneten Augen, um den Anschein zu wahren, weiterhin bewusstlos zu sein. Vorsichtig sah ich an mir herunter. Ich trug ein weißes Leinenkleid. Bei dem Gedanken daran, dass der schmierige Wirt oder jemand anderes meinen nackten Körper berührt hatte, stieg die Galle in mir auf.

Ein tiefer Gesang erklang und füllte die Stille der Nacht.

Der schlanke Mann, den ich im Gasthaus getroffen hatte, trat zwischen den im Kreis stehenden Menschen hindurch und trug etwas vor sich her. Mit angehaltenem Atem wagte ich es, meine Augen ein wenig weiter zu öffnen, um zu erkennen, was in seinen Armen lag.

Erst im Schein einer im Boden steckenden Fackel erkannte ich, was es war. Im letzten Moment gelang es mir, den Schrei, der sich seinen Weg bahnte, zu unterdrücken. Es war die junge Frau, die der Grünäugige als seine Schwester bezeichnet hatte. Ich wollte nicht glauben, was sich vor meinen Augen abspielte. Das war surreal. Ich hoffte, gleich aufzuwachen und festzustellen, dass dies hier nur ein Albtraum war. Mit hämmernden Herzen versuchte ich, zu verstehen, was hier vor sich ging, schaffte es aber nicht, einen klaren Gedanken zu fassen. Die Angst lähmte nicht nur meinen Körper, sondern auch meinen Geist. Fassungslos verfolgte ich jeden seiner Schritte.

Der Mann hielt inne. Im faden Licht war es schwer zu erkennen, was er tat. Da er mit dem Rücken zu mir stand, versperrte er mir zum größten Teil die Sicht. Der Gesang der Umstehenden schwoll an und verwandelte sich in eine Art Choral. Dabei hoben sie die Fackeln empor, sodass sie einen Kranz über ihren Köpfen bildeten.

Die Zeremonie näherte sich anscheinend ihrem Höhepunkt.

Der Mann, ich nahm an, dass er ihr Anführer war, hielt ebenfalls eine Fackel, die er weit von sich streckte, und trat vor. Bevor ich realisierte, was passierte, warf er sie mit einer ruckartigen Bewegung auf den regungslosen Körper. Der Gesang der Kuttenträger verwandelte sich in ekstatisches Geschrei. Ich wollte wegschauen, aber die Schockstarre zwang mich, zuzusehen, wie erst das Holz und dann die Frau vom Feuer zerfressen wurden. Versteinert saß ich da, mit dem Wissen, dass mir das gleiche Schicksal drohte. Das Bild würde nie wieder vergessen.

Ich war nicht bereit, mich kampflos diesem Wahnsinn zu beugen. Mir war klar, dass ich fliehen musste, solange es möglich war. Die Gelegenheit war mehr als günstig, diese Monster waren gebannt von dem Anblick, der sich ihnen bot.

Ein beißender Geruch von verbranntem Fleisch drang mir in die Nase.

Unauffällig tastete ich, mit meinen Händen – so gut es die Fesseln zuließen, nach etwas, das mir helfen könnte, fand aber nichts, außer Erde und Zweige. Die Stricke saßen zu fest, egal wie sehr ich gegen sie kämpfte, sie bewegten sich keinen Millimeter.

Ich sah nur einen Ausweg. Wenn ich loslaufen würde, könnte ich einen rettenden Vorsprung aufbauen. Ich nahm all meinen Mut zusammen und kroch zum nächsten Gebüsch. Dort verborgen hielt ich inne und spähte durch die Zweige auf den Kreis aus Menschen. Keiner schien mein Verschwinden bemerkt zu haben. Umständlich rappelte ich mich auf und rannte los.

Es war schwer, mit auf dem Rücken zusammengebundenen Händen nicht das Gleichgewicht zu verlieren, doch die Todesangst trieb mich weiter an. Langsam kam das Gasthaus in Sicht. Wenn ich es schaffte, die Brücke zu erreichen und auf die andere Seite des Flusses zu gelangen, wären die Chancen zu entkommen aussichtsreicher, als mich hier zu verstecken. Fest entschlossen rannte ich in Richtung der Brücke. Mir kam es vor, als würde sich die Nacht ihrem Ende nähern. Die Dunkelheit schien langsam aufzuhellen, ein aufkommender Nebel behinderte mir zunehmend die Sicht. Keuchend erreichte ich das Ufer. Zu meinem Entsetzen stellte ich fest, dass die Brücke verschwunden war. Nichts weiter als zwei abgebrochene Holzpfeiler zeugten von ihrer ursprünglichen Existenz. Fortgerissen von der tobenden Naturgewalt des Wassers. Der Fluss war durch den Regen angeschwollen. Rauschend floss das tosende Gewässer an mir vorbei. Am liebsten hätte ich vor Verzweiflung geschrien, mittlerweile mussten sie mein Fehlen bemerkt haben und nach mir suchen. Angestrengt überlegte ich, was ich tun sollte.

Ein markerschütternder Schrei durchriss die Nacht und war sogar durch den tosenden Fluss zu vernehmen. Erschrocken zuckte ich zusammen und drehte mich in die Richtung, aus der er gekommen war.

Ich hatte keine andere Wahl, als zu fliehen, nur wohin? Mein Blick blieb am Waldrand hängen. Dies war meine einzige Chance. So schnell, wie der durchweichte Boden es zuließ, rannte ich los. Kaum dass ich die ersten Bäume hinter mir gelassen hatte, hörte ich Stimmen. Einige der in Kutten gekleideten Menschen hatten sich am Fluss versammelt. Der schlanke Mann war bei ihnen und gab Anweisungen, woraufhin sich die Gruppe aufteilte und sich dem Wald näherte. Er brüllte seinen Anhängern hinterher: »Findet sie! Sie ist die Letzte!« Seine Stimme war beherrscht, trotzdem meinte ich, eine Spur Angst rauszuhören.

Diese Irren würden mich nicht gehen lassen, unabhängig von dem, was sie mit mir vorhatten, ich war Zeugin eines Mordes. Ich musste fort, und zwar so schnell und so weit weg, wie es ging.

Stolpernd lief ich sich durch das Dickicht des Waldes nach einer Lösung suchend, wie ich ihnen entkommen konnte. Jede Sekunde, die ich innehalten würde, gab ihnen die Gelegenheit, mich einzuholen.

Meine Beine wurden träge, sämtliche Muskeln schrien nach Erlösung, aber mein Kampfgeist trieb mich weiter voran.

Immer wieder stolperte ich über Wurzeln, die aus dem Boden ragten. Ich schickte ein Stoßgebet gen Himmel, dass ich nicht unbemerkt im Kreis gelaufen war.

In der Ferne zeichneten sich zwischen den Bäumen Umrisse eines Gebäudes ab.

Aus dem Nichts heraus packte mich jemand mit festen Griff an der Schulter. Ich schrie auf und versuchte, mich loszureißen, wobei ich auf den schlammigen Boden fiel. Ein Schmerz flammte in meinem Knöchel auf, weglaufen war nun nicht mehr möglich. Die Gestalt, die mich gepackt hatte, trug eine schwarze Kutte. Die Kapuze war heruntergerutscht. Panisch sah ich in das Gesicht des Wirtes. Einen flüchtigen Moment starrten wir uns wortlos an. Keiner wagte es, sich zu bewegen. In seinem Blick lag ein bedauernder Ausdruck. Er legte seine Hände wie einen Trichter an den Mund und stieß ein unmenschliches, wolfsartiges Geheul aus.

Vor Angst war ich wie erstarrt. Mir war klar, dass es nicht lange dauern konnte, bis seine Kumpane auftauchten. Sie würden mich bei lebendigem Leib verbrennen!

Ein Schatten huschte neben uns durch die Dunkelheit. Einen Augenblick später erklang ein dumpfer Schlag. Der Wirt verdrehte die Augen und sein massiger Körper sackte in sich zusammen. Matsch spritzte. Instinktiv drehte ich den Kopf weg.

Als ich mich dem bewusstlosen Leib wieder zuwandte, erkannte ich eine mit einer Eisenstange bewaffnete Gestalt.

»Bitte«, flehte ich verzweifelt, in dem Glauben, er könnte mir ebenfalls etwas antun wollen.

Zu meinem Erstaunen streckte er mir die Hand entgegen. Ein paar Atemzüge lang zögerte ich. Wie konnte ich ihm vertrauen? Abgesehen davon, dass er einen meiner Verfolger ausgeknockt hatte. Ohne fremde Hilfe würde ich nicht überleben. Mir blieb nichts anderes übrig, als mir von ihm helfen zu lassen. Stimmen drangen durch den Wald zu uns.

»Da ist sie«, rief jemand.

»Mach schon«, drängte der Unbekannte, »wir müssen ins Haus, das ist der einzige Ort, wo wir sicher sind.«

»Du musst mir helfen.« Ich versuchte, auf meine gefesselten Hände aufmerksam zu machen.

Ohne zu zögern, half er mir und führte mich, so schnell ich mit dem verletzten Fuß humpeln konnte, zur Tür.

Die Männerstimmen hinter uns kamen rasch näher, doch bevor einer von ihnen mich festhalten konnte, traten wir über die Schwelle der Hütte. Der Mann im Anzug raste uns hinterher, blieb so abrupt stehen, als wäre er gegen eine unsichtbare Mauer gerannt. Er schaffte es nicht, das Haus zu betreten. Sein Blick war voller Wut und Verzweiflung. Ich verstand nicht, wieso es ihm nicht möglich war, einzutreten. Mein Retter schlug die Tür zu.

Der Mann bedachte uns mit wilden Flüchen.

Der Fremde drehte sich zu mir um und streifte sich die Kapuze vom Kopf. Ein junger Mann mit blauen Augen und blonden

Haaren stand mir gegenüber. Dunkle Ringe zeichneten sich unter seinen Augen ab, sein Gesicht wirkte eingefallen. Der Arme war völlig abgekämpft. Er lächelte mir zu. »Ich bin Ben.«

Matt erwiderte ich sein Lächeln. »Cassandra. Würde es dir was ausmachen, mich von diesen Fesseln zu befreien?«

Er trat hinter mich und schaffte es, den Knoten zu öffnen. Erleichtert rieb ich mir die schmerzenden Handgelenke, wobei mein Blick durch den Raum schweifen ließ. Er war bis auf zwei Stühle und einen Tisch leer.

Keiner von uns sagte etwas.

Irgendwann hielt ich die Stille nicht mehr aus, die Neugier war größer als die Angst. Ich setzte mich und sah Ben an, der meinem Blick auszuweichen versuchte. »Was sind das für Menschen? Wieso jagen sie mich?«

Ben ließ seine Augen durch das Zimmer gleiten, als hoffte er, in den dunklen Ecken eine Antwort zu finden. Schließlich seufzte er leise und richtete seinen Blick auf mich. »Es handelt sich um einen Kult von Teufelsanbetern. Sie haben einen Pakt mit ihm, wenn sie innerhalb von dreißig Tagen fünfzig Seelen opfern, schenkt er jedem von ihnen die Unsterblichkeit.« Er verstummte.

Ungläubig versuchte ich, das Gehörte logisch zu verarbeiten. Meinte er das, was er da sagte, ernst? Am liebsten hätte ich laut losgelacht, doch etwas in seinem Blick ließ es mir im Hals stecken bleiben. Das Ganze wurde mit jeder Minute verrückter.

»Wieso können sie dieses Haus nicht betreten?«

»Das weiß ich nicht. Ich habe hier in dieser Hütte selber vor einer Woche Zuflucht gefunden, nachdem ich ihnen, wie du, entkam.«

»Warum sollte er, wenn das wahr ist, so was tun? Dann würden es noch mehr wollen. Das ist unlogisch.«

Ben lachte. »Denk nach. Glaubst du, dass man mit ewigem Leben glücklich wird? Während du lebst, sterben alle, die du kennst und liebst. Deine Familie, deine Freunde. Das wird dich auf Dauer in den Wahnsinn treiben und du wirst deinem Leben ein Ende setzen wollen. Und sollte er gerissener sein als angenommen, kannst du nicht einmal durch Selbstmord sterben, sondern musst ihn anflehen, dich mitzunehmen. Und wer weiß, welchen Preis er dafür von dir verlangt.«

Ich dachte nach und musste zugeben, dass er recht hatte.

Dumpfe Schläge erklangen. Fragend sahen wir uns an. Ben stand auf und warf einen Blick aus dem Fenster. »Sie werfen Steine auf das Haus.«

»Was bringt ihnen das?«, fragte ich erstaunt.

Ben zuckte als Antwort mit den Schultern.

Ein Hämmern an der Tür ließ mich zusammenfahren. Sie ächzte unter dem Druck, ich rechnete damit, dass sie jeden Moment in Tausende Splitter barst. Wie durch ein Wunder hielt die Tür dem wütenden Ansturm stand. Es verging eine gefühlte Ewigkeit, bis der Lärm wieder abebbte. Der Morgen musste längst angebrochen sein. Diese Nacht konnte sich nicht ewig ziehen. Das Adrenalin, was meinen Körper die letzten Stunden durchflutet hatte, ebbte ab, sodass die Müdigkeit sich in mir ausbreitete. Für einen Moment wollte ich die Augen schließen.

Ein schrilles, heimtückisches Lachen ließ mich hochschrecken. Es schien von überall gleichzeitig zu kommen. So fürchterlich und kreischend, dass es von keinem irdischen Wesen stammen konnte. Verzweifelt presste ich mir die Hände auf die Ohren, was nicht half. Sekunden später drangen von draußen angsterfüllte Schreie herein, die mir das Blut in den Adern gefrieren ließen.

Ben nahm mich schützend in die Arme. Mir rannen Tränen über das Gesicht, diese Nacht hatte mich an den Rand meiner Kräfte gebracht. Psychisch sowie physisch. Ein Übelkeit erregender Schwefelgeruch breitete sich aus. Mein Magen begann zu rebellieren, ich hatte Mühe, mich nicht zu übergeben. Die Luft, die ich atmete, war glühend heiß und brannte in meinen Lungen, der Boden bebte unter meinen Füßen. Panisch schrie ich, mein Schrei mischte sich in die anderen und hallte in meinem Kopf. Das Einzige, was ich wollte, war, dass es endete.

Schlagartig verstummten die Schreie und das Lachen. Der beißende Geruch verschwand und die Luft um sie herum kühlte sich allmählich wieder ab. Ich sah dieselbe Angst, die ich spürte, in Bens Augen.

»Was war das?« Meine Stimme zitterte.

»Er«, antwortete Ben und atmete tief durch.

Verständnislos sah ich ihn an. »Wer ist er?«

»Der Teufel, Satan, Luzifer, wie immer du ihn nennen willst. Er hat sich geholt, was ihm zusteht. Hast du nie gelesen, welche Begleiterscheinungen mit seiner Ankunft einhergehen?«

Ich schüttelte den Kopf. Das war alles derart unwirklich, dass es mir schwerfiel, es zu glauben.

»Wir sollten warten, bis die Sonne komplett aufgegangen ist«, sagte er.

MÜDE ÖFFNETE ICH MEINE Augen. Ohne es bemerkt zu haben, war ich eingeschlafen. Ben lächelte mich an. »Was sagt dein Fuß?«

Probeweise lief ich ein paar Schritte. »Es geht, ich werde nur langsam sein.«

Ich folgte ihm hinaus. Der Wald lag so friedlich da, dass man nicht zu erahnen vermochte, was sich bei Dunkelheit hier ereignet hatte. Es war seltsam, hätte ich es nicht erlebt, würde ich an meinem Verstand zweifeln, wobei ich das in diesem Moment tat. Keine Ahnung, was ich erwartet hatte, aber diese Idylle war beängstigend. War das alles echt oder hatte ich es geträumt? Ein Traum würde nicht erklären, wo Ben herkam oder wie ich in diese Hütte gekommen war.

Die Sonne schien warm auf uns herab.

»Geh voran«, sagte er. Während wir zwischen den Bäumen entlang liefen, ließ ich die Geschehnisse der letzten Nacht Revue passieren. Nichts von dem, was passiert war, konnte ich mit reiner Logik erklären. Etwas ließ mich stutzig werden. Wir waren erst wenige Meter gelaufen, als ich innehielt und mich zu Ben umdrehte.

»Du hast mir nicht erzählt, wie du ihnen entkommen bist. Und vor allem, wie hast du überlebt? Es waren keine Vorräte in der Hütte.«

Ein seltsamer Glanz trat in seine Augen.

Seine ebenmäßigen Gesichtszüge verwandelten sich in eine düstere, angsteinflößende Fratze.

»Nun ja.« Seine Stimme klang bedrohlich. »Ich habe ebenfalls einen Pakt geschlossen. Er beschützt mich vor der Sekte, wenn ich ihm dafür ein Opfer darbringe. Er wusste, dass es ohne meine Seele unmöglich war, ihr Versprechen einzuhalten. Letzte Nacht bist du aufgetaucht, trotz des Unwetters, durch dich wäre es ihnen gelungen.«

»Warum hast du mich gerettet? Was hast du davon? Wieso hast du mich nicht vorhin umgebracht?« Ich wich zurück, er folgte mir.

»Ganz einfach, nach meiner Flucht habe ich mir das, was ich erfahren habe, als ich diesen Kult belauscht habe, zunutze gemacht. Ewiges Leben ist verlockend. Und dich zu retten, war nur logisch. Wenn ich dich vor ihnen rette, schaffen sie es nicht, ihren Teil der Vereinbarung einzuhalten. Ich dafür schon. Leider musste ich warten, bis ihre Zeit abgelaufen war. Mein Vertrag ist erst mit ihrem Tod in Kraft getreten.«

»Aber du hast gesagt …«, begann ich, brach ab, als ein lüsterner Ausdruck in seine Augen trat.

»Wenn man weder Familie noch Freunde hat, ist es egal, ob man ewig lebt oder nicht. Keine Menschen, die man zu betrauern hat.«

Ich musste schlucken, als er ein Messer aus seiner Jacke zog. Die Angst lähmte mich. Unfähig, mich zu bewegen, starrte ich auf die Klinge. Flehend sah ich in die kalten Augen meines vermeintlichen Retters.

Die Klinge glänzte in der Sonne, bereit zu töten.

Sarah ist in Berlin geboren und aufgewachsen. Schon früh hat sie ihre kreative Ader entdeckt und in der Grundschule begonnen Querflöte zu spielen, in der Oberschule lernte sie Klarinette und spielte in einer Orchesterklasse.

Die Leidenschaft für die Literatur wurde ebenfalls in ihrer Kindheit entfacht. In ihrer Jugend hat sie auf einem Internetportal begonnen Fan-Fictions und RPGs zu schreiben.

Durch die Aktion #wirschreibenzuhause von Sebastian Fitzek wurde die Lust am schreiben neu entfacht. Aktuell arbeitet sie an ihrem Debütroman.

Im November 2021 ist ihre erste Kurzgeschichte in der Anthologie *100 Bilder 200 Geschichten* mit dem Titel *Liebe auf Umwegen* erschienen.

Auf ihrer Instagramseite nimmt sie euch mit auf ihre Reise zum ersten eigenen Buch.

instagram.com/sarah_olange

PATRICK F. H. STOLZE

Geänderte Spielregeln

DAS WAR'S ALSO. Acht Jahre Arbeit, für nichts!

»Zu kompliziert, zu teuer, zu sperrig.«

Richard ärgerte sich nicht über die Kritik, sondern über Peters scheinheilige Lobhudelei. Der Kerl war begeistert von Richards Brettspielidee *Robot Race*, doch wollte es nicht vermarkten.

»Weißt du, Richard, auf den Conventions wäre *Robot Race* nur ein weiteres Spiel unter vielen. Klar, eines der richtig Guten, aber die Produktionskosten, Marketing, Vertrieb …«

Er hatte gar nicht mehr aufgehört, Richard die Ohren vollzuheulen, doch hatte Peter einen validen Punkt. Auf den bekannten Spielemessen gab es viele großartige Spiele. Man konnte viele davon ausprobieren, doch nach jeder Runde folgten lange Wartezeiten. Das war ein wirklich elender Bestandteil der Messen und es gab keinen Ansatz, daran etwas zu ändern. Es fehlte ein ›Spiel zwischen den Spielen‹. Eines, das schnell, klein, handlich und simpel wäre, aber Spaß machte. Das sollte Richard für Peter liefern. Sein Entwicklergeist war längst ans Werk gegangen, auch, wenn er sich noch ärgerte. Allerdings hatte es acht Jahre gedauert, *Robot Race* so weit zu überarbeiten, dass er die Spielmechaniken als reif für die Öffentlichkeit betrachtete. Sollte er weitere acht Jahre brauchen, etwas Neues zu entwickeln, würde er vor der Jahrtausendwende nichts mehr veröffentlicht bekommen. Dabei wollte er nichts lieber, als endlich sein eigenes Spiel auf den Markt zu bringen.

Ohne wirkliches Ziel schlenderte er durch die Straßen von Portland und fand sich bald vor dem Alexandria Inn wieder. Ein kleiner, gemütlicher Spieleladen und gleichzeitig eine Kneipe.

Auf einem Schild an der Tür stand: »Zugang nur für Helden, Vulkanier, Abenteurer, Vampire, Raumpiloten …« Es folgte eine lange Liste aller möglichen Fantasy- und Sci-Fi-Wesen.

Das Schicksal führt mich also dorthin, wo es Bier gibt, und ich werde das Schicksal nicht in Frage stellen, entschied er und betrat die Kneipe, in der er früher Stammgast war.

»Willkommen im Alexandria Inn, werter Wanderer«, schallte eine tiefe, freundliche Stimme aus Richtung des Tresens herüber.

Mike, der Barkeeper, hatte das Aussehen eines Zwerges, wie er im Buche stand. Die Theke, über die er gerade so drüber lugte, verdeckte seinen großen Bauch und beinahe vollständig den mächtigen Vollbart. Er war eigentlich gut zwei Meter groß, doch für den Effekt eines authentischen Zwerges hatte er hinter dem Tresen eine Vertiefung ausheben lassen. Es wirkte, als wäre man durch die Tür direkt in einen Fantasyroman getreten. Und Mikes Erscheinung trug ihren Teil dazu bei.

»Ein Paladiner bitte.«

»Das beste Bier der Grafschaft Oregon, kommt sofort!«

Das Bier war wirklich hervorragend und wurde in echten Holzkrügen serviert. Kein typisch amerikanisches Light-Bier, das wie abgestandenes Wasser schmeckte, sondern europäisches, hopfiges Export. Heute war wenig los. Richard schob sich zwischen einen Tisch und eine mit Schnitzereien geschmückte Holzbank. Er saß gern an diesem Platz, denn so schaute er auf eine lange Regalwand, in der Spiele sich stapelten. Richards Ziel war es, seinem Spiel auch einen Platz in dieser Regalwand zu verschaffen. *Robot Race* würde bis auf Weiteres zwar keines davon sein, doch eines Tages würde es sicher seine Chance bekommen.

Ein paar Tische weiter waren eine junge Frau und ein pickeliger Junge mit Lockenkopf in ein angeregtes Gespräch vertieft. Kurz nachdem Richard sich gesetzt hatte, stand auch schon ein schäumendes Bier vor ihm.

»Bitteschön.«

»Danke, Mike.«

»Und, was führt dich heute in meine Taverne?« Er fläzte sich auf einen Stuhl zu seinem alten Kumpel Richard.

»Ach du weißt doch, ich hatte heute mein Gespräch mit dem Chef von Wizards.«

»Nicht so gut gelaufen?«

»Leider nicht.«

»Weißt du, manchmal ist die Welt einfach noch nicht reif für die große Innovation.«

Mike machte eine von sich hoch in den Himmel wischende Geste und sah ihr nach, wie ein Junge der ein Flugzeug sah und entschied Astronaut zu werden.

»So innovativ ist es jetzt auch wieder nicht. Aber zu teuer in der Herstellung. Wizards Vertrieb ist dafür noch nicht groß genug. Dieser Peter meinte, in ein paar Jahren werden sie *Robot Race* sicher publizieren können, aber zurzeit fehlt ihnen das Geld.«

»Das liebe Geld also. So ist es doch immer. Hast du keine Goldstücke, bekommst du auch keine. Weißt du, Investitionen sind das, was einen weiter bringt«. Mike zwinkerte ihm zu. »Also pass auf, ich investiere jetzt dieses helle Paladiner, das beste Bier der Grafschaft Oregon, in dich.« Er betonte die Hochwertigkeit des Bieres, so oft er konnte. »Damit bist du glücklich und kommst immer wieder zu mir ins Alexandria Inn. Jetzt trink dir erst mal wieder etwas Lebensfreude an. Geht aufs Haus.« Mike lachte auf diese Art und Weise, die einen jegliche Traurigkeit beiseite wischen ließ.

»Danke man, das kann ich grad' echt gebrauchen.«

»Immer gern. Also Richard, entweder suchst du dir einen Investor oder du musst ein neues Spiel machen. Wenn du noch 'nen Tipp willst, die Dame und ihr Verehrer sitzen schon länger da hinten und sprechen, glaube ich, über irgendein Magiesystem. Ich kenne es nicht, aber du interessierst dich doch auch für so was.«

»Stimmt, ihr Zwerge habt es ja nicht so mit Magie, was?«

Der Zwei-Meter-Zwerg schmunzelte. »Vielleicht setzt du dich mal dazu und kommst ins Gespräch. Das bringt dich sicher auf andere Gedanken.«

Richard schielte zu den zwei hinüber. »Meinst du, dass die beiden ein Paar sind?«

»Ich denke eher nicht, aber frag sie doch einfach. Ich kenne die beiden jedenfalls noch nicht. Vielleicht sind sie neu in der Stadt und suchen gerade einen neuen Freundeskreis? Sehen für mich aus wie Leute vom L A R P oder so. Unsere Szene ist ja nicht besonders groß, geh ruhig mal hin.«

»Mit Live-Action-Rollenspiel habe ich nicht wirklich viel Erfahrung, aber vielleicht hast du recht. Das bringt mich auf andere Gedanken. Und wer weiß, vielleicht bekomme ich da ja die zündende Idee für ein anderes Spiel?«

Er käute Peters Vorgaben wieder: »Wenn es günstig zu produzieren ist, tragbar für jeden und leicht und schnell zu lernen, bekomme ich vielleicht doch meinen Vertrag mit Wizards. Magie würde jedenfalls zum Namen der Firma passen.« Richard grinste und sie standen auf.

»Vielleicht versuchst du es mit 'nem reinen Kartenspiel, ohne Schnickschnack?«

Richard zog eine Augenbraue hoch. »So was wie Poker?«

»Nee, mehr Fantasy. Aber wie Baseballkarten. Die sind interessanter als ein schnödes Skatdeck und haben ein paar mehr Zahlen drauf.«

Mike sammelte Baseballkarten. Sie passten nicht wirklich ins Konzept des Alex, aber seine fast vollständige Kollektion der seltensten Karten hatte ihren Platz hinter der Theke.

»Oder Trumpfkarten, die haben ein sehr schnelles Spielprinzip. Sind ein wenig mehr kompetitiv, dafür wenig taktisch«, ergänzte Richard.

»Vielleicht bekommst du das ja alles irgendwie kombiniert? Aber gönn' dir heute Abend erst mal 'ne Pause vom Entwickeln und lade deine Inspirationsbatterie wieder auf. Die zwei da lenken dich sicher ab. Jetzt geh schon hin.«

»Danke Mike. Fürs Paladiner und die Ideen, meine ich.«

Mike winkte ab und ging die Stufen hinter den Tresen hinab.

Nach kurzem Zögern ging Richard auf die Frau und den jungen Mann zu. Dass die zwei ein Paar wären, hielt er für unwahrscheinlich. Dem pickeligen Gesicht nach, war er eher ein Jugendlicher. Sie hingegen schätzte er auf etwa Mitte zwanzig. Nicht sicher, wie er das Gespräch starten sollte, machte er einen zögerlichen Schritt an den Tisch der beiden heran und warf einen prüfenden Blick auf ihre Outfits. Sie trugen weite Leinenhosen in einfachem Beige. ihre Oberteile, die wie Roben aussahen, waren mit Gürteln befestigt. Die »Robe« des Jüngeren war etwas schlichter als die seiner Begleiterin. Ihre schmückte so etwas wie ein Emblem, ähnlich einem Wappen, das an beiden Schulterpolstern angebracht war. Es hatte etwas Militärisches.

Ihr Gespräch verstummte. Der Jüngere sah unsicher zu Richard auf, welcher hinter der Frau stand. Die Frau folgte dem Blick ihrer Begleitung und drehte sich um.

»Äh, hi, ich bin Richard. Was dagegen, wenn ich euch etwas Gesellschaft leiste?«, fragte er etwas zögerlich, aber mit freundlichem Lächeln.

Der Blick des Jungen huschte zu seiner Begleiterin.

»Klar, setz dich doch.« Sie nickte, woraufhin die Anspannung des Pickeligen nachließ und er ein wenig hinüber rückte. »Und, Richard, was führt dich an unseren Tisch?«

Er war ein wenig nervös, ging nicht oft auf fremde Leute zu, doch bisher schienen sie ganz nett zu sein.

»Ich bin öfter hier, euch zwei habe ich aber noch nie gesehen. Wir freuen uns immer über neue Leute. Die Szene ist nicht besonders groß hier in Portland, wisst ihr?«

Die zwei lächelten und Richard setzte nach: »Also, seid ihr neu in der Gegend oder einfach noch nie hier gewesen?«

»Wir sind mal hier, mal da«, sagte der Junge. Er mochte so um die achtzehn sein, kaum Bartwuchs, Brille, etwas übergewichtig. Sie hatte zwei lange, braune Zöpfe und war weder besonders dick noch besonders dünn. Ihre Haut war leicht gebräunt, als käme sie direkt von den sonnigen Stränden Floridas.

Die junge Frau streckte Richard ihre Hand entgegen. »Ignis.«
Er ergriff sie und lächelte.

»Und ich bin Tenebras«, ergänzte der Junge.

Zu fragen, wo diese fremdartig anmutenden Namen wohl herkamen, verkniff er sich. Wenn jemand sich mit einem Fantasienamen vorstellte, wollte die Person offenbar so genannt werden.

»Sagt mal, eure Outfits, seid ihr L A R P er?«

»Live-Action-Rollenspiel ist nicht die Bezeichnung, die ich verwenden würde, aber so was in der Art«, meinte Tenebras und schob sich die Brille zurecht.

»Und du, Richard?« Sie sah ihn prüfend an. »Normale Jeans, normaler Name, normales Bier. Was macht so einer in diesem Laden?«

»Ich bin noch Student, drüben in Pennsylvania. Wir haben zur Zeit Semesterferien und ich besuche meine Heimat. Im Studium arbeite ich an meinem Doktor in Kombinatorik, Mathe.« Er versuchte, das wohl trockenste aller Fachgebiete für einen Nicht-Mathematik-Nerd mit einem kleinlauten Lachen aufzuwärmen. Seine neue Bekanntschaft lachte zu seiner Erleichterung mit ihm.

Tenebras meinte: »Mathematik wollte ich auch mal studieren, doch dann kam das Leben dazwischen. Jetzt hänge ich tagein, tagaus mit Ignis rum.« Er zuckte mit den Schultern. »Gibt Schlimmeres.« Alle mussten lachen und spürbar brach das Eis.

Richard erzählte von seinem Hobby, dem Spieldesign, und dass er gerade an einer neuen Idee arbeiten wollte, die ihm nur noch nicht gekommen war. Er fragte also nach der Magie, über die sich Ignis und Tenebras zuvor unterhalten hatten, und hörte gespannt zu, während sie tiefer ins Gespräch kamen.

»Also diese magische Kraft, das Mana, das zieht der Zaubernde aus verschiedenen Landschaften?« Richard hatte nicht einmal gefragt, wo dieses Magiesystem herkam. Er wollte einfach in die Inspiration eintauchen.

Ignis nickte. »Genau. Stell dir einen Friedhof, einen Vulkan und einen See vor. Welchen drei magischen Energien würdest du sie zuordnen?«

»Zum See gehört ganz klar das Wassermana, zum Vulkan Feuer- und zum Friedhof das Dunkelmana.«

»Ganz genau.« Tenebras nickte. »Dann wären da noch Licht- und Naturmana. Soweit klar?«

Richard nickte.

»Und man sammelt diese fünf Manaenergien der Landschaften, um damit was genau zu tun?«

Ignis schien in eine Art oft gehaltene Vorlesung zu gleiten. Richard und Tenebras saßen nebeneinander und lauschten ihren Worten wie Schulkinder, auch wenn es für Tenebras wohl mehr eine Auffrischung als eine Lehrstunde war.

»Es gibt verschiedene Möglichkeiten, das Mana der Landschaften zu nutzen. Man beschwört Kreaturen, erschafft Artefakte oder wirkt einen Zauber. Welche Arten von Zauber sind bekannt, Tenebras?«

Ihre forsche Erzählweise erinnerte Richard an seine alte Lateinlehrerin auf der Highschool.

»Verzauberungen, Hexereien und Spontanzauber.«

»Korrekt. Jetzt Richard. Was glaubst du, brauche ich für ein Mana, wenn ich einen Zombie beschwören möchte?«

Richard blickte langsam durch. »Ich würde ... Dunkelmana wählen.«

»Ganz genau. Aber was wäre, wenn ich einen untoten Drachen beschwören wollte? Tenebras.«

»Ähm, ein untoter Drache ist auch ein Zombie. Man bräuchte auch Dunkelmana.«

»Das ist nur zum Teil richtig. Du müsstest Dunkelmana mit Feuermana kombinieren. Solche mächtigen Kreaturen zu beschwören ist entsprechend schwieriger und benötigt auch mehr Mana.«

Richard dachte einen Moment nach. Sein mathematischer Verstand suchte sofort Zusammenhänge zwischen den Elementen.

»Feuer und Wasser schließen sich aus. Licht und Dunkelheit auch. Natur ist Leben, Dunkelheit ist Tod. Ich vermute, auch die schließen sich aus. Wenn ich mich nicht irre, gibt es da ein Muster.«

Tenebras schob erneut die Brille hoch und antwortete: »Ja, es gibt so eine Art Logik dahinter, ein System. Doch das wäre etwas viel für heute.«

Ignis erhob sich. »Für heute habe ich auch wirklich genug. Es ist schon spät und der Kleine muss morgen früh hoch«, neckte sie den jüngeren Tenebras.

»Hey, wen meinst du mit ›der Kleine‹?« Tenebras verzog das Gesicht.

Alle lachten und die zwei tranken aus.

»Hat mich gefreut, Leute. Aber jetzt mal zurück in die Wirklichkeit. Das Magiesystem, das ihr mir erklärt habt. Woher kommt das? Ich hab ja erzählt, dass ich Gamedesigner bin und noch nach einer richtig guten Idee suche. Das System hat richtig Potenzial, aber was so durchdacht ist, das wird einen Urheber haben.«

Die beiden sahen sich vielsagend an. Zumindest gegenseitig hatten sie sich wohl viel gesagt. Richard war nicht in der Lage ihr stummes Gespräch zu deuten.

»Du willst dieses System in ein Spiel verwandeln?« Ihre Mundwinkel zuckten leicht.

»Ja, es wäre im Grunde genau das, was ich suche«, erwiderte er völlig ernst, »ich würde nur noch ein wenig an der Systematik feilen. Es müsste etwas einfacher werden, dabei aber komplex bleiben.«

Die zwei lachten laut los. Sie prusteten und hielten sich die Bäuche.

Hatten sie die ganze Zeit von einem bekannten Spiel gesprochen und nur Richard hatte es nicht mitbekommen oder war die Idee einfach besonders lächerlich? Die beiden kriegten sich nach einigen Sekunden, die besonders lang und unangenehm wirkten, wieder ein.

»Sorry Richard, deine Idee ist wirklich gut. Das war einfach ein Insider, nicht böse sein, ja? Du kannst das System gerne übernehmen. Wir wissen, wer der Urheber ist, und wir können dir versichern, dass keine Ansprüche existieren. Vielleicht sehen wir uns ja nächstes Wochenende wieder?«

Sie zwinkerte ihm zu. Richard stammelte ein »Ja, gern«, als Ignis und Tenebras zur Tür heraus in die Dunkelheit der anbrechenden Nacht verschwanden.

Sie hatte ihm zugezwinkert. Richards geordnetes Mathematikergehirn verarbeitete diese Geste quälend langsam. Sie kam erst bei ihm an, als die Tür des Alex sich bereits geschlossen hatte. Da wurde er knallrot. Hatte sie ganz kurz mit ihm geflirtet? Sie waren immerhin in einem ähnlichen Alter. Er freute sich jedenfalls darauf, sie nächstes Wochenende wieder hier zu treffen, wenn es sich einrichten ließ. Doch der Gedanke verflog so schnell, wie er gekommen war, denn sein Kopf begann bereits Modelle des Magiesystems zu entwickeln.

»Mike, ein Pala, Stift und Papier bitte!«

»Kommt sofort.«

Richard hatte sich einige Notizen gemacht und Grafiken gezeichnet. Irgendwann bemerkte er, dass ihm ein wenig frische Luft guttun würde. Es war immerhin sein viertes Paladiner diesen Abend. Er zahlte und verabschiedete sich von Mike und zwei weiteren Gästen, die er flüchtig kannte.

»Vergiss nicht, mich an dem Gewinn zu beteiligen, wenn du damit ganz groß raus kommst«, verabschiedete Mike seinen Kumpel. Dann schlug Richard den Weg zu seiner Unterkunft ein. Es ärgerte ihn ein wenig, dass er zum Studieren an die andere Küste der USA musste. So konnte er sich keine Wohnung in Portland leisten und seine Eltern hatten längst untervermietet. Er nahm es ihnen nicht übel. Er war nun einmal ausgezogen. Weil sein Vater aber Architekt war, gab es immer irgendwo eine Unterkunft für Richard. Kontakte waren einfach viel wert. Das hätte ein Tipp von Mike sein können, dachte er sich mit einem Schmunzeln.

Er kannte die Gegend und beschloss, eine Abkürzung zu nehmen. Die Straßen waren dort zwar nicht besonders gut beleuchtet, zumal in diesem Viertel kaum bewohnte Gebäude standen, doch Richard wollte so langsam ins Bett. Er torkelte nicht, aber er fühlte sich angetrunken. Der Spaziergang durch die Nacht tat gut. Vielleicht würde er die Tage raus an den Columbia River fahren und einfach die Natur von Oregon beim Camping genießen.

Aus einer Seitengasse drangen laute Stimmen an sein Ohr. Richard hielt einen Moment inne und meinte, Ignis und Tenebras Stimmen zu erkennen. Sie schienen aufgebracht, zumindest war das kein entspanntes Gespräch unter Freunden. Er ging ein Stück in die Seitengasse hinein. Ein Müllcontainer bot ihm Schutz. Vielleicht gab es ja Schwierigkeiten? Vielleicht ein Verbrechen? Er wollte nicht in die Szene hineinplatzen, ohne sich einen Überblick zu verschaffen. Richard erkannte die zwei Personen im dunkeln nicht, doch er konnte hören, was sie sagten.

»Was soll das heißen, mit sofortiger Wirkung? Das steht auch in deinem Brief, oder?«

Es war eindeutig die Stimme von Tenebras.

»Ja, es steht bei uns allen drin.«

»Aber was ist mit unseren Studien, mit meiner Ausbildung?«

»Du kannst nichts machen. Wenn du dich weigerst, wird man dich zwingen und das willst du nicht, glaub mir.« Auch Ignis Stimme erkannte er jetzt.

Tenebras Stimme schien sich zu überschlagen. »Dann war alles umsonst? Alles für die Katz? Was wird dann aus uns? Sollen wir uns jetzt irgendwo einen Job suchen, irgendwen heiraten, Kinder kriegen und alt werden, als wäre nichts gewesen?«

Ignis bellte ihn an. »Ich weiß es doch auch nicht! Nur weil mein Rang höher ist, steht bei mir nicht mehr als bei dir. Wir sollen den Zauber ausführen und auf weitere Anweisungen warten, so ist es und daran lässt sich nichts ändern.«

Richard war verwirrt, verstand nicht, was da los war. Vielleicht spielten sie gerade eine Szene. Zumindest war es kein Überfall. Es wirkte aber auch nicht, als würde ihn das etwas angehen. Richard sollte besser verschwinden. In dem Moment zuckte ein bläuliches Leuchten durch die Gasse. Er konnte die zwei jetzt deutlich sehen.

Ignis und Tenebras standen sich gegenüber, beide hielten Papier in den Händen. Die besagten Briefe wahrscheinlich. Das Leuchten kam aus Ignis Händen. Sie wischte ein Muster in die Luft und das blaue Leuchten wurde erst gelb, dann immer rötlicher. Bald glühte es wie eine Fackel. Dabei murmelte sie ihm unverständliche Worte. Tenebras ließ Kopf und Schultern hängen. Es schien ihm nicht besonders seltsam vorzukommen, dass seine Begleiterin leuchtete wie eine Taschenlampe. So viel hatte er nun auch nicht getrunken. Richard verstand langsam, was offensichtlich war. Sie trugen seltsame Kleidung, wie Leute vom LARP, doch sie hatten gesagt, sie wären keine LARPer. Sie hatten seltsame Fantasienamen, sie sprachen von Magie. Würde man ganz allein, mitten in der Nacht, in den Straßen von Portland ein Rollenspiel spielen? Dafür gab es immerhin Conventions und andere Veranstaltungen. Aber wie kam das Leuchten zustande? Nein, das war kein Spiel und das Licht war kein Spezialeffekt. Das war etwas Anderes!

Richard kam hinter dem Container hervor, trat einen Schritt auf sie zu. Mit offenem Mund starrte er auf das Lichterspiel in Ignis Hand. Er war fasziniert, wollte mehr über das wissen, was er hier sah. Es wollte nicht in seinen Kopf hinein, wie es so etwas geben konnte. Sein Herz pochte vor Aufregung. Was die zwei dort taten, wenn sie es wirklich taten, war das, wovon Leute wie er immer träumten! Eine verborgene Welt schien sich vor ihm aufzutun und er musste nur in den Schein des Lichtes treten.

Tenebras bemerkte ihn und zuckte zusammen. Er ging mit schnellen Schritten auf Richard zu und hob abwehrend einen Arm.

Noch bevor er etwas sagen konnte, schwoll das Licht in Ignis Händen an. Das Papier zerstob in einen großen Feuerball, der sich zusammenzog und einen Moment lang weiß leuchtete. Dann folgte eine Explosion. Ein erschrockener Schrei. Die gewaltige Feuersbrunst verschlang Ignis. Tenebras wurde in Richards Richtung geschleudert. Nach einer Sekunde war es vorbei. Richards vor Schreck aufgerissene Augen sahen das, was er nur aus Erzählungen des Vietnamkrieges kannte.

Ignis war tot. Verschlungen vom Feuer. Tenebras' dampfender Körper schlug nur wenige Schritte vor Richard auf und riss ihn aus der Schockstarre.

»Tenebras!« Richard stürzte auf den Jungen zu und kniete sich neben ihn. Tenebras' Atem ging flach, doch er lebte. Richard wusste nicht, was er tun konnte, seine Hände zitterten. Voller Angst vor dem was er sehen würde, warf er einen flüchtigen Blick zu der Stelle, an der vor einigen Momenten Ignis gestanden hatte. Ein rotschwarzer Fleck, Ruß und Rauch, mehr war nicht von der Magierin geblieben.

»Was ist passiert? Was ist mit Ignis passiert? Ist sie …? Seid ihr …?« Richard wurde in eine schreckliche Wahrheit zurückgerissen, die nicht mit seiner vor wenigen Augenblicken erlebten, magischen Euphorie vereinbar war. Sein Geist stand an einer Schwelle und drohte, einfach zu brechen.

Tenebras hustete. »Ich wusste nicht, dass du uns gefolgt bist.« Seine Worte waren langsam und er gab sich große Mühe, sie zu formen. »Du hättest das hier nicht sehen dürfen.« Ein Hustenanfall unterbrach die trockene Stimme. Der qualmende Junge lachte bitter. »Weißt du, die Magie, von der wir im Alexandria Inn sprachen, das war kein blödes Spiel. Es ging dabei um echte Magie, darum haben wir auch so über deine Idee gelacht. Ja, jetzt guck nicht wie ein Auto. Magie, Feuerbälle, Monster, uralte Kräfte! Ich müsste dich für das, was ich dir sage, eigentlich töten, doch wie du siehst, ist etwas schief gegangen.«

Sein Kopf sackte auf den kalten Asphalt. Richard stolperte einen Schritt zurück. War Tenebras tot? Wie zur Antwort stöhnte der unbewegte Körper vor Schmerzen auf. Das Haar war versengt und sein Gesicht voller Ruß und Verbrennungen. Doch seinen Rücken hatte es am schlimmsten getroffen. Teile seiner Kleidung waren komplett eingebrannt oder von der Explosion weggerissen worden.

»Hat das mit diesen Briefen zu tun?«, fragte Richard völlig perplex.

»Ja, die Briefe. Die kamen kurz nachdem wir gingen. Von der Regierung. Die Schweine haben uns verraten!« Wieder hustete er und Blut troff aus seinem Mundwinkel.

Richard wollte etwas tun, streckte seine Hand aus, doch zog sie zurück. Was konnte er bei so schweren Brandverletzungen ausrichten?

»Wenn die uns bescheißen, dann brauche ich mich auch nicht mehr an meine Seite des Vertrages zu halten. Hör genau zu Richard, ich will es wenigstens einem einzigen Menschen erzählen.«

»Was erzählen? Dass ihr Magier seid?« Es war lächerlich. Doch was sollte hier sonst passiert sein? Eine Handgranate, Dynamit oder ein Molotowcocktail vielleicht?

»Ja.« Sein Atem ging schwer. »Wir sind Magier und arbeiten für die Regierung. Und bevor du jetzt lachst, hör mir einfach zu.«

Richard zögerte. »Ich muss einen Krankenwagen rufen!«

»Nein, solange ich mein Zauberbuch habe, habe ich noch Kraft, ein paar Sachen zu erklären. Für einen Arzt ist es eh zu spät. Stattdessen kannst du mir einen Gefallen tun. Du kannst dir gar nicht vorstellen, welche Last es mit sich bringt, niemandem von deinem Leben erzählen zu können. Nicht einmal deinen eigenen Eltern! Also hör' mir bitte einfach zu.« Richard widersprach nicht.

»Vor Ewigkeiten, bevor die Welt zivilisiert war und Gesetze das Zusammenleben regelten, herrschten Schamanen und spirituelle Anführer über ihre Stämme. Sie entdeckten die Kräfte der Natur und lernten, sie zu mächtigen Zaubern zu formen. Ich erspare dir das Wie. Wichtig ist, diese Magier haben ihre Tradition immer weiter verbessert und über die Jahrtausende weitergegeben. Babylon, Ägypten, die südamerikanischen Hochkulturen, sie alle wurden von magisch begabten Personen geführt. Oder denk mal an die Geschichte, wie Moses das Meer teilt. Doch immer wieder brachen Kriege aus. Ganz schlimm wurde es, als Sunniten und Schiiten sich um die Nachfolge ihres Propheten stritten. Andere Magier schufen ganze Staaten, die Technik schritt voran. Und dann kam ein religiöser Fanatiker, schrieb den ›Hexenhammer‹ und brachte damit die Rechtsgrundlage für Hexenprozesse. Bald gab es keine Magier mehr, die die Staaten regierten, aber mächtige Anführer hatten das Potenzial erkannt und wussten es zu nutzen. Ganze Armeen von Magiern wurden ausgebildet!« Tenebras brauchte einen Moment und spuckte wieder Blut.

Richard hörte gebannt zu, begriff nicht ganz, was Tenebras da erzählte. Eine Weltverschwörung? Wollte er sagen, alle Menschen lebten eine Lüge? Er wusste nicht, was er tun sollte. Erste Hilfe bei Brandwunden überstieg seine Kenntnisse. Ihm blieb nur der Wunsch Tenebras', ihm zuzuhören.

»Die Technik ist längst weiter als die Magie. Es ist sehr aufwendig, die natürlichen Orte zu finden und ihr Mana anzuzapfen. Der Klimawandel macht uns Magiern zu schaffen, die Natur wird zerstört. Seit der Industrialisierung geht es bergab. Der Höhepunkt waren die Atombomben im Zweiten Weltkrieg. Weißt du, warum man zwei Atombomben auf Japan abwarf?«

»Willst du damit sagen…« Richards Kopf dröhnte. Tenebras' Ausführungen waren haarsträubend! Doch faszinierte ihn alles daran.

»Man wollte einen simplen Vergleich. Hiroshima war eine magische Explosion. Eine der größten, die gezielt eingesetzt wurden und weniger als ein Jahr Vorbereitungszeit brauchte. Und eine der dunkelsten Stunden unserer Geschichte. Nagasaki war eine Atombombe. Man verglich die Sprengkraft und kam zu dem Schluss, dass die Technik die Magie eingeholt hatte. Wir Magier wurden weniger wichtig. Man begann, uns in den Stellvertreterkriegen der beiden Wirtschaftssysteme zu verheizen, bildete nicht mehr so viele aus. Ein bekanntes Beispiel für Kriegseinsätze war das berüchtigte Napalm. Das war magisches Feuer. Man entwickelte später eine Waffe mit ähnlicher Wirkung, doch im Krieg muss es meist schnell gehen. Dafür taugten wir.«

»Du redest wirr, Tenebras, du solltest dich ausruhen«, sprach Richard, der sich nicht entscheiden konnte, was er von der hanebüchenen Geschichte halten sollte. Doch Tenebras lachte nur bitter.

»Weißt du, Richard, Michail Gorbatschow forderte im Februar '86 eine neue Entspannungspolitik. Und was passierte nur zwei Monate darauf? Tschernobyl. Einige von uns Magiern hatten ein Problem damit, bedeutungslos zu werden. Es war ein magischer Terroranschlag, eine Machtdemonstration. Die Terroristen mussten verzweifelt gewesen sein, denn eigentlich gibt es Regeln bei uns, auch wenn wir nur Soldaten sind. Aber den Fortschritt kann man nicht aufhalten. Vor etwa einem Jahr fiel der Eiserne Vorhang. In Deutschland ist die Mauer gefallen und der Kalte Krieg wurde für beendet erklärt. Es gibt keinen militärischen Nutzen mehr für Magier. Die sehen uns nur als Waffen. Und offenbar auch als Gefahr. Wir wissen alles über die Jahrtausende alte Wahrheit. Wir wissen einfach zu viel und haben einen freien Willen. Ich hätte es sehen können. Die magische Formel sollte unsere Magie binden und unsere Verbindung zu ihr kappen, stand im Brief. Doch die Formel war kein Bindezauber. Es lag etwas Zerstörerisches darin. Die Explosion war wohl auf Ignis zugeschnitten.«

»Meinst du, weil Ignis Latein ist und Feuer bedeutet?«

»Genau. Mein Name, Tenebras, bedeutet Dunkelheit. Ich wette, wenn ich meine Formel aufgesagt hätte, hätten die Schatten mich gefressen. Doch das werden wir nicht erfahren. Der Brief ist verbrannt.«

Nicht nur der Brief war verbrannt. In Richards Augen sammelten sich Tränen. Selbst wenn ihn nicht die Schatten fraßen, Tenebras würde hier sterben. Es gab keine Chance für ihn, das zu überleben.

»Greif in meine Tasche«, presste er schmerzverzerrt heraus.

»Deine Tasche? Was ist da?«

»Na los, nimm schon.«

Richard zog ein kleines Buch hervor.

»Was ist das?«

»Darin steht alles. Von der Pike auf. Wie man Magie nutzt, was man alles damit machen kann und alle Hintergründe. Ich vermute, die Energien werden im Laufe der nächsten Tage abgeschnitten. Auf der Gipfeltreffen in Malta haben Bush und Gorbatschow das sicher ausgehandelt, doch vielleicht kannst du etwas damit anfangen. Es wäre eine Verschwendung, dieses Wissen einfach mit mir und den anderen Magiern sterben zu lassen, findest du nicht? Du suchtest doch nach Inspiration für dein Spiel? Vielleicht ist das der Weg, der Welt das Geheimnis zu verraten, ohne es ihr zu verraten. Mach was draus, nur erzähl nicht die Wahrheit. Sie würden dich auslachen, einsperren, oder einfach verschwinden lassen.« Tenebras' ganzer Körper bebte und er spuckte dunkles Blut auf den Asphalt. Sein Gesicht verzog sich in Krämpfen. Grimmig presste er heraus: »Es geht zu Ende, aber wenn du dein Spiel über die Magie machst, würge ich diesen Verrätern von der Regierung noch eins rein.«

»Ist das das Zauberbuch, das dich am Leben hält? Ich weiß nicht, was ich davon halten soll, wie ich damit umgehen soll! Ich kann dich hier doch nicht einfach sterben lassen, sag mir, was ich tun kann!« Das kleine Buch fest in den Händen haltend wischte Richard sich die Tränen vom Gesicht. Er wollte Tenebras das Buch zurück in die Tasche stecken, doch wusste Richard, dass es nichts ändern würde. Der Geruch von verbranntem Fleisch lag schwer in der Luft. Jetzt hörte Richard die langsam anrückenden Sirenen.

»Wenn du nicht überzeugt bist, prophezeie ich dir hiermit, dass die USA noch dieses Jahr ihre Atomwaffen aus Europa abziehen. Im Hintergrund passieren Dinge, die ihr normalen Menschen nicht einmal ahnt. Und jetzt zeige ich dir echte Magie und ihre Macht.«

Tenebras drehte sich ein wenig auf die Seite. Es musste ihm alle Kraft abverlangen, die er noch hatte. Dann bekam er die unverletzte Hand unter seiner Brust frei. Sein anderer Arm war unschön anzusehen. Er lag schlaff auf dem Asphalt. »Meine Kraft reicht noch, dir einen Schadenszauber der Dunkelheit zu zeigen. Pass auf.«

Richard war unsicher, was er sehen würde. Dunkle Magie verhieß nichts Gutes, doch die Faszination war größer als die Angst.

Tenebras murmelte eine unheilvolle Formel und dunkler Nebel sammelte sich um seine freie Hand. Sein finsterer, doch triumphierender Blick sprach von einem bitteren letzten Sieg. Denn das war kein Trick. Das war Magie. Die pure Dunkelheit umwaberte seine Hand, man konnte den Tod riechen, der von diesem Nebel ausging. Richard schluckte. Dann schlug Tenebras sich den dunklen Nebel gegen die Brust. Ein langes, verkrampftes Stöhnen entglitt dem Sterbenden.

»Mach was draus, Richard«, röchelte er noch. Tenebras regte sich nicht mehr. Ein wenig Rauch verließ den offenen Mund des toten Jungen. Dann waren nur noch die Sirenen zu hören. Das Buch fest umklammert, rannte Richard in die Nacht.

* * *

SEIT SEINEM ERLEBNIS mit den Magiern waren einige Tage vergangen. Richard war, nahe des Columbia Rivers, campen gegangen und hatte über den Ideen zu seinem neuen Spiel und den Ereignissen und Erkenntnissen der Nacht gegrübelt. Außerdem brauchte er etwas Abstand zu dem Ort, an dem er zwei Menschen hatte sterben sehen. Das Bild würde ihn so schnell nicht mehr loslassen. Doch was geschehen war, war nun einmal geschehen. Er hatte die beiden kaum gekannt und doch trauerte er. Aber es war nicht nur Trauer in Richard. Tenebras' Buch hatte weit mehr offenbart, als der junge Magier ihm in so kurzer Zeit hatte erzählen können. Und die Geschichte der Menschheit, die dieses Buch offenbarte, war unglaublich. Sie war zu fantastisch, als dass irgendwer sie glauben würde, doch Richard hatte die Magie gesehen. Das Buch war voller Monster, magischer Formeln und verrückter Dinge, die Richard noch lange als Inspiration dienen könnten.

Was seinem Spiel wirklich half, war die Beschreibung der Magie selbst. Fünf Elemente, Licht, Dunkelheit, Wasser, Feuer und Natur zählte das Buch auf, denen Richard der Einfachheit halber

Farben zuordnete. Wie es Tenebras' letzter Wunsch war, wollte Richard zu seinen und Ignis Ehren ein Spiel basierend auf der Magie schaffen. Mit individuellen, den Farben zugehörigen Manaquellen, Zaubern und Monstern. Mikes Idee mit den Sammelkarten fand bei Richard Anklang. Es war ein Spiel, bei dem man sich sein individuelles Deck zusammenstellen würde. Die Landschaften nannte er kurz Länder. Man zog sie, so wie die Zauber und Monster auf seine Hand. Mit den Ländern erhielt man Quellen für das Mana, mit dem sich die anderen Karten spielen ließen.

Auf diesen einfachen Ideen aufgebaut und mit etwas mathematischem Geschick entwickelte Richard ein taktisches und kurzweiliges Kartenspiel, das er Wizards vorstellte. So eroberte die Magie in wenigen Jahren letztendlich die ganze Welt und legte den Grundstein für alle anderen, bekannten Trading Card Games. Die Magie als Waffe hatte ausgedient, doch verzaubert sie weiterhin Menschen und zieht sie bis heute in ihren Bann in einem fantastischen Kartenspiel. Dieser Nutzen mag weit näher an dem sein, wofür die Magie einst in die Welt kam. Ob die Mächtigen diese Adaption bemerkt haben oder nicht, bleibt ungeklärt. Richard hat nie ein Wort darüber verloren und arbeitet mit Erfolg leidenschaftlich daran, Spiele zu entwickeln.

Dieses Dokument ist durch die Regierung freigegeben.

DECLASSIFIED

Die Geschichte basiert zwar auf echten Personen, alle magischen Elemente sind allerdings frei erfunden. Bisher hat keine lebende Person das Gegenteil beweisen können.

ÜBER PATRICK F. H. STOLZE

Seine Heimatstadt Lübeck – die Königin der Hanse – mit ihrer mittelalterlichen Altstadt inspiriert Patrick F. H. Stolze und seine Geschichten.
Irgendwo zwischen Rollenspiel, Fantasyromanen und dem Erwachsenwerden begann er selbst zu schreiben. Aus Spaß wurde Ernst und inzwischen arbeitet Patrick daran, sein Romanprojekt auf ein professionelles Niveau zu bringen.
Mehr Informationen über Patrick und seine Arbeit findest du auf seiner Website.

stolze-autor.de

CHRISTOPHER BAUMANN

Treffen sich fünf Helden …

ARDIN RÜCKTE ERNEUT SEINE Kapuze zurecht und hielt auf die Taverne zu, darum bemüht, sein Gesicht bestmöglich zu verbergen. Nicht zum ersten Mal schaute er sich nervös um, doch scheinbar war ihm niemand gefolgt. Er schimpfte sich innerlich einen Amateur. Durch sein sonderbares Verhalten würde er am Ende noch genau die Aufmerksamkeit auf sich ziehen, die er so dringend vermeiden musste. Er sollte nicht hier sein, gerade an diesem Tag, an dem die Ausgangsblockade aufgehoben worden war und er diesen verdammten Ort endlich verlassen könnte.

Wieder drängten sich die Erinnerungen an den Abend Anfang der Woche in sein Bewusstsein. Wieder hörte er das überraschte, stille Seufzen, sah die meerblauen, weit geöffneten Augen genau vor sich. Wenn er gekonnt hätte, wie er wollte, wäre er bereits hoch zu Pferd unterwegs. Einen halben Tagesritt von der Hauptstadt entfernt würde er einem neuen Leben entgegenreiten und vielleicht schon überlegen, wie sein Hühnerstall aussehen würde und wie sein Kleiner am besten mithelfen konnte.

Doch die Nachricht, die ihm in seinem Versteck zugespielt worden war, hatte ihn alarmiert und dazu gezwungen, von seinen Plänen abzuweichen. Ganz zu schweigen von der Tatsache, dass jemand sein Versteck entweder gekannt oder ausfindig gemacht hatte. Mehrere Tage hatte er in seinem Notfallunterschlupf, einem sicheren Haus im Zentrum der Stadt, auf einer Strohmatte ausgeharrt und darauf gewartet, dass sich die Situation draußen entspannte. Beständig waren die Männer der Königsgarde von Haus zu Haus gezogen, um ihre vermeintliche Zählung durchzuführen.

Am heutigen Morgen hatte er das Pergament entdeckt, das jemand unter der Tür hindurchgeschoben hatte. Eine Kohlezeichnung, grob angefertigt und doch detailliert genug, dass Ardin das Bild gut ausmachen konnte: seine Frau, den gemeinsamen Sohn auf dem Arm, vor einer Holzhütte, die ihm verdächtig nach ihrer Zuflucht im Wald aussah. Darunter eine simple Nachricht: *Beim sechsten Glockenschlag im Alexandria Inn. Tisch bei der Treppe. Komm nicht zu spät.* Der Brief hatte ihn in helle Aufregung versetzt. Niemand sollte wissen, wo er zu finden war. Niemand sollte wissen, dass er Familie hatte, geschweige denn, wo diese sich aufhielt. Und doch hatte dieser Brief mit dieser Zeichnung seinen Weg zu ihm gefunden. Auch die zwar nicht ausgesprochene, aber kaum verhohlene Drohung war ihm nicht entgangen. Komm nicht zu spät, *sonst …*

Er musste wissen, was es damit auf sich hatte, musste sicherstellen, dass seine Familie nicht in Gefahr war. Er dachte an seine Frau, wie sie gemeinsam im Bett lagen und sie ihm mit den Fingerspitzen durch das Haar fuhr, während der Kleine zwischen ihnen schlief. Um sie zu beschützen, würde er alles tun, alles riskieren.

Die breiten Türen der Taverne ragten vor ihm auf. Das *Alexandria Inn*. Es gab ihm ein Gefühl der Sicherheit, dass das ominöse Treffen von allen möglichen Orten ausgerechnet hier stattfinden würde, in der Gaststätte, in der er geradezu aufgewachsen war und in der er jeden Winkel, jede Ecke erkundet hatte. Ein plötzlicher Anfall von Wehmut überkam ihn. Wenn heute alles gut ging, würde er diesen Ort nie wiedersehen. Er hoffte, dass man ihn hier ebenso vermissen würde wie er seine Freunde, den glasklaren See, das Bier, kurzum – seine Heimat. *Nicht jetzt. Konzentrier dich.*

Er drückte die Schwingtür auf, und die vertraut schwüle Luft schlug ihm entgegen. Wie der warme Schwall die Kälte von seinen Wangen vertrieb, so vertrieben die bekannten Gesichter und der Geruch des berühmten würzigen Biers ein Stück weit seine Unsicherheit. Selbst wenn alles schief ging, hatte er immer noch ein Ass im Ärmel und war sicher, dass er das Inn mindestens mit seinem Leben verlassen würde.

Zeit für die Maskerade. Emotionen zu verbergen und den Zuschauern eine gute Darbietung zu liefern, waren in seinem Berufsstand unverzichtbare Fähigkeiten. Heute Abend spielte er für den Anfang den heiteren Ardin, der auf ein Bier zu Besuch in seiner Stammtaverne war. Er trat ein, breitete die Arme aus und rief ein begeistertes »Hallo Alex« in den Raum, wobei er das *O* viel länger zog als notwendig. Viele Augen richteten sich auf ihn und einige der Stammgäste lächelten bei Ardins Anblick. Andere schüttelten grinsend den Kopf und widmeten sich dann wieder ihrem Getränk. Er ging zur Bar hinüber und lehnte sich gegen den Tresen. Dahinter polierte der Barkeeper gerade geschäftig Gläser und tat, als hätte er von Ardins überschwänglichem Auftritt nichts mitbekommen.

»Hey Frank! Alles klar bei dir? Wie geht's der Frau?«

Frank ignorierte ihn für eine Sekunde, doch dann schlich sich ein Grinsen auf seine Lippen und sein kantiges, stets grantiges Gesicht hellte auf. »Ardin! Bei den Göttern, das ist eine Weile her! Ach, es geht schon, du weißt ja, wie es ist – dasselbe wie immer? Brauchst du ein Zimmer?«

»Kein Zimmer. Ein Bier muss immer sein. Aber nur eins. Ich bin beruflich hier, sozusagen.« Er zuckte mit den Schultern, als Frank daraufhin die Stirn in Falten schlug.

»Als hättest du Taugenichts in deinem Leben schon einen Finger krumm gemacht! Hier ist dein Bier!« Lachend schob er ihm einen Krug herüber und widmete sich wieder seinen Gläsern.

Noch immer gegen die Bar lehnend, schaute Ardin sich erneut um. Ein paar Leute waren immer im Inn, und das aus gutem Grund – vielen war es, wie Ardin, ein zweites Zuhause –, aber um die Zeit war der Besuch noch spärlich. Er beäugte den Tisch neben dem Treppenaufgang zu den Zimmern. Selbst ohne Beschreibung hätte er gewusst, dass die Gestalten, die bereits dort saßen, seine Kontakte sein mussten. Wenn man lange genug regelmäßiger Gast in einer Taverne war, kannte man jeden Stammgast, jede Klientel und auch das Gehabe neuer Gäste, die bloß mal was trinken oder sich wichtig machen wollten. Und die vier Personen dort stachen für Ardin heraus wie bunte Hunde. Es könnte genauso gut ein großes Schild mit der Aufschrift »Geheimes Treffen« über dem Tisch hängen, dachte er sich und unterdrückte ein Schmunzeln. Nur noch ein Platz war frei. Es musste seiner sein. Die Glocken hatten noch nicht zu läuten begonnen, was ihm verriet, dass er noch einen Moment Zeit hatte. Er nutzte diesen, um die Situation und seine Gegenüber einzuschätzen. Außerhalb des besagten Tisches erblickte er kaum jemanden, den er nicht kannte. Und niemanden, der negativ auffiel. Keine versteckten Kettenhemden, keine Stadtwache – keine Anzeichen für einen Hinterhalt. Also konzentrierte er sich auf die vier, zu denen er sich vermutlich gleich setzen würde.

Ausgehend von dem freien Stuhl saß rechts ein wahrer Koloss von einem Mann, nicht besonders hochgewachsen, aber außerordentlich breit und über und über mit Muskeln bepackt. Sein Bart war zu einem stilvollen Knoten geflochten, aber sein Blick wirkte dumpf und war auf den Tisch fixiert. Einen Platz weiter saß eine junge Frau in einem schlichten grünen Gewand, das von einer feingliedrigen Spange zusammengehalten wurde. Sie hatte ihre Kapuze halb über den Kopf gespannt. Vielleicht war sie eine Elfe, die die meisten Menschen nur an ihren spitzen Ohren zu erkennen vermochten. Dann wiederum hatte auch Ardin seinen Umhang ins Gesicht gezogen, aus keinem anderen Grund als seiner eigenen Paranoia und dem Wunsch, nicht erkannt zu werden. Die Frau mochte eine Bogenschützin aus der Legion oder eine Waldläuferin sein. Auf der anderen Seite des Tisches saß eine zweite Frau in einem schillernd bunten Gewand, das reichlich mit Stickereien in allen Farben des Regenbogens verziert war. Es stand in starkem Kontrast zum Versuch aller anderen, möglichst unauffällig zu wirken. Silbernes, lockiges Haar umspielte ihr zierliches Gesichtsprofil. Sie war die Einzige, die ihm bekannt vorkam, doch noch konnte er nicht sicher sagen, ob oder wo er sie schon einmal gesehen hatte. Die letzte Person – vom Körperbau her tippte er auf einen Mann – saß mit dem Rücken zu ihm, sodass er nicht viel ausmachen konnte. Er trug ein einfaches Gewand und hatte sein schwarzes Haar sorgfältig getrimmt.

Wie kann man nichts erwarten und trotzdem überrascht werden? Er hatte wahrlich nicht damit gerechnet, sich hier mit einer augenscheinlich bunt zusammengewürfelten Gruppe Fremder zu treffen.

Von draußen erklang gedämpft das erste Läuten der Glocken. Es wurde Zeit. Mehr würde er von hier aus ohnehin nicht in Erfahrung bringen und so näherte er sich langsam dem Tisch. Sofort zog er die Aufmerksamkeit von Waldläuferin und Muskelberg auf sich. Ihre Blicke folgten ihm, wanderten an seinem Körper herab, um ihn nach Waffen und verborgenen Überraschungen zu durchsuchen. Der Blick der Waldläuferin blieb auf Lendenhöhe hängen, genau dort, wo Ardin seinen verborgenen Dolch trug. *Diese Art von Blick*, dachte er, *lernt man nur durch Schulung und Erfahrung. Viel Erfahrung.* Auch erblickte er eine beachtliche Streitaxt, die bisher vom massigen Körper des Blonden verborgen worden war. Er musste auf der Hut sein und sollte seine unfreiwilligen Gefährten nicht unterschätzen. Als er den Tisch erreichte, legte er eine Hand auf die Lehne des freien Stuhls, hoffte fast, jemanden sagen zu hören: *Hey, da ist besetzt, scher dich weg.* Alle Blicke lagen nun auf ihm, doch niemand tat ihm den Gefallen, ihn fortzuscheuchen, und so zog er den Stuhl schweren Herzens hervor, um sich zu setzen. Den Krug mit dem Bier, das er bisher noch nicht angerührt hatte, stellte er vor sich auf die Tischplatte. Noch immer schauten ihn alle an, als würden sie darauf warten, dass er etwas sagte. Kannten sie sich? Dachten sie vielleicht, er hatte dieses Treffen arrangiert? Vor allem aber fragte Ardin sich, ob sie ebenfalls eine so persönliche Motivation erhalten hatten wie er, um zu diesem Treffen zu erscheinen. Er würde auf Nummer sicher gehen, damit rechnen, dass jeder hier am Tisch so viel zu verlieren hatte wie er. Er hatte nicht vor, den Anfang zu machen, und so saß er stoisch dort und schaute schweigend in die Runde. Als den anderen klar wurde, dass er wohl nichts sagen würde, schweiften ihre Blicke ab. Einzig die Waldläuferin musterte ihn weiterhin konzentriert. Doch nicht sie war es, die das Schweigen brach.

»Du bist spät dran.«

Ardin betrachtete den Mann, der ihn so überaus freundlich begrüßt und von dem er anfänglich lediglich den Rücken gesehen hatte. Er war schlank und hochgewachsen und trug ein einfaches, eng anliegendes Gewand aus rauem Stoff, doch entging Ardins Liebe fürs Detail nicht das etwas zu akkurat geschnittene Haar, nicht die feine Silberkette, die unter dem Gewand hervorlugte und an deren Ende er ein Monokel vermutete. *Nein, mein Freund, hinter dir steckt mehr, als dein Gewand uns Glauben machen möchte.* Vielleicht ein Buchhalter oder ein Regierungsbeamter. Aber kein sehr schlauer, denn die Verkleidung wirkte improvisiert und stümperhaft und würde kaum jemanden täuschen. Ardin nickte knapp und seine Stimme troff vor Ironie, als er antwortete. »Verzeihung. Ich hatte das Treffen nicht eingeplant.«

Er nippte an der Schaumkrone seines Getränks und betrachtete die vier, versuchte, sich einen Eindruck zu verschaffen. Der Koloss hatte seinen ausdruckslosen Blick erneut auf den Tisch geheftet. Ardin beschlich der Verdacht, dass er mit dem Tisch ein intellektuelles Duell bestritt, und war sich nicht sicher, wer wohl gewann. Die Waldläuferin musterte ihn noch immer argwöhnisch, doch trotz seines geschulten Auges konnte er an ihr nichts Auffälliges entdecken. Das an sich war für ihn etwas Besonderes. Entweder war die Frau wirklich sehr gewöhnlich, oder sie verstand es außerordentlich gut, so zu wirken. Da sie auf Anhieb seine sorgsam verborgene Waffe entdeckt hatte, war von Letzterem auszugehen. Die Frau zu seiner Rechten ließ den Blick durch den Raum schweifen, fast teilnahmslos. Als sie seinen Blick bemerkte, funkelte sie ihn belustigt an. Die anderen Gesichter sagten ihm nichts, aber dieses hatte er zuvor gesehen, da war er sich sicher. Aber wo? Dann fiel es ihm ein, und seine Augen weiteten sich vor Überraschung.

»Du bist …«

»Ja, ich bin es«, unterbrach sie ihn, als hätte sie auf ihren Einsatz gewartet. »Jennifer, die Bardin.« Sie seufzte theatralisch, doch aus ihrer Stimme sprach Stolz. »Wenn man berühmt ist wie ich, dann bleibt man nirgendwo unbemerkt. Warum also es versuchen?« Sie zwinkerte ihm zu, in ihrem Blick lag etwas Spielerisches, Sinnliches.

Ardin seufzte innerlich. *Hast du jetzt gerade wirklich keine anderen Sorgen? Verdammte Barden.* »Mit prominentem Besuch hatte ich heute nicht gerechnet.«

Sie lächelte und zuckte mit den Schultern. Niemand sonst reagierte auf ihre Offenbarung. Scheinbar hatten sie diese Unterhaltung in seiner Abwesenheit schon geführt.

Ardin presste die Zähne zusammen und dachte angestrengt nach. Alles in allem war er so schlau wie vorher auch. Keines der Puzzleteile hier passte zu den anderen. Am dringendsten brannte ihm eine Frage unter den Fingernägeln: Wer hatte dieses Treffen eingefädelt? Es war auch möglich, dass noch jemand hinzukam. Nach einer kurzen Überlegung verwarf er diese Möglichkeit wieder. Fünf Stühle, fünf Personen. Seine Intuition sagte ihm, dass sie vollständig waren. Und dass der Strippenzieher – oder die Strippenzieherin – sich direkt vor seiner Nase befand, hier mit ihm am Tisch saß, nur eine Armlänge entfernt und doch unerkannt. Die misstrauischen Blicke, die sich die anderen auch untereinander zuwarfen, verrieten ihm, dass sie die Situation ähnlich bewerteten. Alle außer der Bardin, die schlicht gelangweilt wirkte. Ardin fragte sich, ob sie sich dem Ernst der Lage überhaupt bewusst war, doch rügte sich augenblicklich, seine Gegenüber nicht zu unterschätzen.

Fieberhaft versuchte er, sich ein Bild von der Lage zu machen. Er musste herausfinden, wer dieser Menschen ihn, und vermutlich auch die anderen, in diese missliche Lage gebracht hatte. Niemand schien ihm auf den ersten Blick geeignet, doch ihm war schmerzlich bewusst, dass er nicht der Einzige war, der sich vor neugierigen Augen zu verbergen wusste. In seiner Welt, die geprägt war von Verstellungskünstlern und Scharlatanerie, gewannen die, die ihre Rolle am besten zu spielen wussten. Verbarg sich hinter den dumpfen Augen des blonden Muskelmanns ein Meister der Manipulation? Hatte der Mann mit dem Monokel seine Verkleidung absichtlich verpfuscht, um unfähig zu wirken? Es konnte auch die Bardin sein, die sämtliche Fäden in der Hand hielt und sich in aller Öffentlichkeit versteckte. Einzig die Waldläuferin, die eine Elfe sein mochte oder auch nicht, war für ihn ein unbeschriebenes Blatt. Sie verstand es gut, sich zu verbergen, doch es war Ardin auch offensichtlich, dass sie sich verbarg. Nicht das Verhalten eines planenden Genies, nein, es war das Verhalten von jemandem, der Aufträge ausführte. *Vielleicht ist sie wie ich. Oder es ist umgekehrte Psychologie.*

Ob der ganzen rhetorischen Fragen und Eventualitäten schwirrte Ardin der Kopf. Er hatte nicht den Anfang machen wollen, aber das Warten und die Ungewissheit machten ihn mürbe. Er würde das Eis brechen. Aber zu seinen Bedingungen.

»Treffen sich fünf Helden in einer Taverne. Ein Barbar, eine Waldläuferin, eine Bardin ...« Er dachte kurz über eine passende Rollenverteilung nach und zeigte dann auf den schlecht getarnten Beamten. »... und welche Rollen auch immer wir beide darstellen sollen. Beginnen sie so nicht alle, die großen Abenteuer aus den Geschichten? Es fehlt nur noch die mysteriöse Kapuzengestalt, die in der Ecke der Taverne geheimnisvoll vor sich hin brütet.«

»Also, in der Tat«, erwiderte der Mann ihm gegenüber mit einem nervösen Grinsen, »würde diese Beschreibung am besten auf dich zutreffen, meinst du nicht auch?«

Ardin nickte in Anerkennung für den postwendenden Konter. *Den Teufel werde ich tun, das jemandem zu stecken, aber er hat recht – ich wäre hier wohl der Schurke. Doch welche Rolle hast du, Monokelmann?* Er konnte genauso gut ein Gelehrter sein, beschloss er. Würde Ardin ihn fragen, gäbe er ohnehin kaum seinen echten Namen preis, also würde *Gelehrter* reichen. Damit wäre die Bande dann vollständig. Es war Zeit, den Spieß umzudrehen und die anderen zum Reden zu bringen. »Okay, aber mal im Ernst. Wer von euch Spaßvögeln hat uns alle hierhin eingeladen?«

Aufmerksam schnellte sein Blick hin und her, um keine der Reaktionen auf seine gewählt plumpe Frage zu verpassen.

Die Waldläuferin schaute ihm ausdruckslos in die Augen und verzog keine Miene. Das hatte er erwartet. Vielleicht dachte sie sogar, dass er hinter all dem steckte. Sein verborgener Dolch hatte sicherlich nicht der Vertrauensbildung gedient. Der Gelehrte sah sich unsicher um, der Barbar jedoch schaute intuitiv zur Waldläuferin. Sie erwiderte den Blick und schüttelte kurz und entschieden den Kopf. *Interessant. Die beiden sind wohl ein Team. Und ich weiß auch, wer die Entscheidungen trifft.*

Einzig die Bardin antwortete schulterzuckend. »Das Bardendasein ist eine brotlose Kunst. Selbst für eine erfolgreiche und talentierte Frau wie mich. Wenn mir jemand einen lukrativen Auftritt verspricht, dann komme ich natürlich. Aber scheinbar war der Weg umsonst.«

Ardin rang seinen Unmut, der an Frustration grenzte, nieder. Für ihn ging es hier um alles, was ihm lieb und teuer war, und es fiel ihm schwer, zu glauben, dass sich diese Frau nur mit der Aussicht auf paar Münzen hatte herlocken lassen. Wenn sie denn die Wahrheit sagte, rief er sich ins Gedächtnis. Der Waldläuferin schien es ähnlich zu gehen, denn sie warf der Bardin einen kurzen, ungläubigen Blick zu. Ein erster, kleiner Riss in ihrer Fassade, der sich augenblicklich wieder schloss – doch Ardin hatte ihn gesehen. Die Spannung war nun greifbar, und die fünf beäugten sich erneut misstrauisch.

Der Gelehrte hatte scheinbar das Bedürfnis, das unangenehme Schweigen, das entstand, zu brechen. »Es sind unruhige Tage, seit unsere Feinde unseren geliebten König umgebracht haben. Ich wünsche euch, dass ihr gut durch diese schwere Zeit kommt.«

Ardin richtete sich unmerklich auf und fokussierte sich auf den Gelehrten. Er spürte, wie ein Schauer über seine Arme ging, wie sich die kleinen Härchen plötzlich aufstellten. Dass der König gestorben war, war in den Straßen bereits allgemein bekannt. Dass er *getötet* wurde, schätzte Ardin, wussten im ganzen Land vielleicht ein paar Dutzend Menschen. Nun saßen bereits zwei von ihnen an diesem Tisch. Die Kiefermuskeln des Gelehrten spannten sich an und er schluckte schwer. Ardin schloss daraus, dass er begriff, was er da gerade gesagt hatte. Zu spät.

Die Gesichtszüge der Bardin entgleisten, und ihr Mund klappte auf. Ihre Stimme war kaum mehr als ein Flüstern. »Umgebracht? Was sagt ihr da? Soll er nicht friedlich eingeschlafen sein?«

Der Gelehrte lachte nervös auf. »Ach, Gerüchte, werte Bardin, Gerüchte. Ihr habt recht, wahrscheinlich sollte ich nichts darauf geben. Auch wenn ein Mord, schätze ich, sich in Euren Liedern wohl besser machen würde.«

Ardin blieb alarmiert, doch die Bardin schien sich mit der Erklärung zufriedenzugeben. Trotzdem wirkte sie aufgebracht, als sie fortfuhr. »Der arme Mann. Der arme, arme Mann. Ich kann es immer noch nicht fassen, dass ich in der Nähe der Burg gespielt habe, als es passierte.« Sie machte eine theatralische Pause und zeigte dann mit beiden Händen auf ihre Haare. »Wäre es zu einem Tumult gekommen! Es hätte mir glatt die Frisur zerzausen können!«

Ardin fragte sich, ob sie sich wohl immer so gut in der Opferrolle gefiel. *Wie dem auch sei.* Er konzentrierte sich wieder auf den Ablauf, versuchte, die Teile zusammenzufügen, Stück für Stück. Drei Tage hatte die Ausgangssperre angehalten, in der die Truppen die Stadt abgeriegelt hatten, während der Tod des Königs untersucht und das weitere Vorgehen bezüglich der Erbfolge abschließend geklärt wurde.

Moment. Was hatte die Bardin gesagt? Dass sie an demselben Tag nahe der Burg gespielt hatte, an dem der König starb. Ein bemerkenswerter Zufall. Und Ardin glaubte nicht an Zufälle. Er spürte ein Muster, wollte es greifen, Ordnung in das Chaos dieses Tisches bringen. Erneut betrachtete er die anderen Mitglieder der illustren Runde. War nicht die Rede gewesen von einem blonden

Giganten, der kurz vor dem Tod des Königs mit einigen Männern versucht hatte, das Tor der Burg zu erstürmen? Gerüchte von mit größter Präzision erschossenen Turmposten? Er hatte mehr darüber in Erfahrung bringen wollen, doch aus seinem Versteck heraus war das Kundschaften unmöglich gewesen. Sein Blick wanderte wieder zum Gelehrten, der seine plötzliche Unruhe wahrzunehmen schien und ihn fragend ansah. Seine Rolle in dieser Geschichte war für Ardin am schwierigsten greifbar. Dann wiederum benötigte ein solcher Auftrag Planung, Beobachtung und vor allem Informationen. Die Art von Information, die sich nicht von außen sammeln ließ. Für die man einen Eingeweihten brauchte, der direkt an der Quelle saß. Man tötete keinen König, ohne dass es in seinem innersten Zirkel eine undichte Stelle gab. Vielleicht war der Gelehrte dieses Leck, hatte die Patrouillenabläufe der Palastwache und die Fluchtwege des Königs durchsickern lassen.

Natürlich. Es war der perfekte Plan. Der Barbar und die Waldläuferin sorgen für Ablenkung, sorgen dafür, dass der König in Sicherheit gebracht werden muss. Seine Wachen geleiten ihn zu einem geheimen Ausgang, der in die Katakomben führt, in denen er sicher und unerkannt flüchten kann. Nur dass sein Mörder dort bereits auf ihn wartet. Ardins Mund wurde trocken. Wieder spürte er das Blut auf seiner Hand, das stille Seufzen, die vor Schreck und Überraschung geweiteten Augen. Sein Schock, als er erkannte, wen er gerade tatsächlich erstochen hatte, saß bis heute unvermindert. Sein Auftrag hatte einem korrupten Händler gegolten, der sich über die Katakomben unterhalb der Stadt absetzen wollte. Der Zeitplan, den er erhalten hatte, war ungewöhnlich detailliert gewesen. Sein Auftraggeber hatte ihm eine Falle gestellt, das verstand er nicht erst jetzt. Aber er bezweifelte, dass ein Gericht ihn auf Grundlage einer aufrichtigen Entschuldigung freisprechen würde, dass er überhaupt ein Gericht zu sehen bekäme. Nein, auf ihn wartete nur der Strick.

Er war vom Tatort geflüchtet, war in der Menschenmasse untergetaucht, die der bekannten Bardin gelauscht hatte, die zufällig an genau diesem Tag, an genau diesem Ort gesungen hatte. Ardin glaubte nicht an Zufälle. Die Erkenntnis formte sich, wanderte Wirbel für Wirbel seinen Rücken hinauf, während er sich aufrichtete, einen Moment lang das Gefühl hatte, die Zeit und alles um ihm herum blieben stehen. Nicht fünf Helden trafen sich in einer Taverne, sondern fünf Verschwörer, fünf Bauern, die hier platziert worden waren wie auf einem Schachbrett, von einem unbekannten Spieler, der scheinbar auch nach Verlust des Königs weiterspielte. Er erkannte mit aller Klarheit, dass das hier nicht der Beginn eines weiteren Abenteuers sein sollte. Sondern das Ende. Seine Kehle schnürte sich zu und er dachte an sein Ass im Ärmel. Als er den Mund öffnete, sprach er schnell und eindringlich.

»Wir müssen hier weg. Auf der Stelle.«

Verwirrte Blicke schlugen ihm entgegen. Im Blick der Waldläuferin spiegelte sich Erkenntnis, und sie war die Einzige, die in der nächsten Sekunde zusammen mit Ardin aufsprang. Gleichzeitig sprangen beide Schwingtüren des Eingangs auf und mit Speeren bewaffnete Männer strömten hinein. Stadtwache.

Scheiße.

»Im Namen des Königs! Tötet sie!« Schon hatten sie die Distanz zum Tisch halb überbrückt.

»Folgt mir!«, rief Ardin. Es war *sein* Ass im Ärmel, doch er konnte jede Unterstützung brauchen. Der Barbar, deutlich agiler, als seine massive Statur vermuten ließ, hatte bereits seine Axt aufgenommen und stürzte sich wortlos den Wachen entgegen. Die Waldläuferin tat es ihm fluchend gleich, beide schenkten Ardins Aufforderung keine Beachtung. Einzig der Gelehrte und – zu Ardins Überraschung – die Bardin folgten seinem Ruf und hechteten ihm hinterher. Er wandte sich um und rannte, in das Hinterzimmer der Taverne, die Treppe herunter und in den Keller. Er schaute sich nicht um. Er wusste nicht um die Stärke des Barbaren, doch das hier war völlig offensichtlich eine Falle und es war nur eine Frage der Zeit, bis die Stadtwache ihn und seine Gefährtin überwältigt hatten.

Zeit, die sie hatten, um zu verschwinden – sonst waren sie ebenfalls tot.

»All die Lieder, die ich hierüber schreiben werde! Vielleicht war der Weg ja doch nicht umsonst!«, trällerte die Bardin aufgeregt.

Wenn sie das hier heile überstehen sollten, gelobte er, würde er ihr höchstselbst den Schädel einschlagen. Aus dem Schankraum hinter ihnen drangen Schreie und das Getöse von aufeinanderprallendem Stahl, doch es wurde leiser und leiser, je tiefer sie in den Keller vordrangen. Hier unten, hinter einer dünnen zweiten Wand, verbarg sich ein geheimer Übergang in die Kanalisation, die nur der Bruderschaft bekannt war und die nun hoffentlich Ardins Leben retten würde. »Los, fass mit an!«, fauchte er den Gelehrten an und gemeinsam zogen sie die Wand zur Seite. Dahinter kam eine hölzerne Tür zum Vorschein. Ihr Weg in die Freiheit. In Erwartung dessen nahm er bereits Schwung auf und prallte dumpf und heftig gegen die Tür. Für eine Sekunde drehte sich vor seinen Augen alles, doch das Adrenalin in seinen Adern half ihm dabei, schnell wieder zu Sinnen zu kommen. *Was zum Teufel? Diese Tür musste immer offen sein!*

»Verschlossen. Verdammt. Gebt mir einen Moment, ich kriege das hin.«

Hastig fingerte er einen Satz Dietriche aus der Innentasche seines Umhangs, fast entglitt er in der Hektik seinen Fingern. *Ruhig jetzt.* Jede Sekunde konnte über Leben oder Tod entscheiden. Was für ein Zufall, dass diese Tür von allen Tagen ausgerechnet an diesem verschlossen war. *Ein anderer Assassine, der die Tür versehentlich verschlossen hatte?* Ardin glaubte nicht an –

Er spürte den leichten Tritt in die Kniebeuge kaum, doch augenblicklich verlor er das Gleichgewicht und taumelte nach hinten. Von dort legte sich ein Arm um seinen Hals und er spürte einen kurzen, ziehenden Schmerz in der Ellenbeuge, der gleich darauf verschwand, um einem warmen Gefühl zu weichen, das schnell seinen Arm herunter wanderte. Er brauchte nicht nach unten zu blicken, um sich zu überzeugen, was gerade passiert war. *Die Arterie. Ein Profi.* Eine Minute bis zur Lähmung, zwei, dann war er tot. Fieberhaft suchte er nach einer Lösung, einem Ausweg, doch er wusste, dass es keinen gab. Selbst, wenn er sich aus dem Griff befreien konnte, war er bereits tot. Dem Gelehrten, dem eingeweihten Königsmörder im Eifer des Gefechts den Rücken zuzukehren, hatte sein Schicksal besiegelt. Seine Hoffnung, die Bardin könnte ihm zur Hilfe kommen, erstickte er selber im Keim. Natürlich würde er zuerst, ohne dass Ardin es mitbekommen hatte, die Bardin hinter seinem Rücken getötet haben.

»Warum?«, presste er mühsam hervor. Er wusste, spürte, dass seine letzten Gedanken bei seiner Familie sein sollten, bei seinem kleinen Jungen, seiner lieben Frau. Doch es zählte alleine ihre Sicherheit. Seine Gegenspieler hatten bereits, was sie wollten und somit keinen Grund, seinen Liebsten nachzustellen. Das genügte ihm. Es war dieser eine, dominierende, brennende Gedanke, der ihn plagte: *Warum?*

Er spürte weiche Haut, die sich über seine schob, warmer Atem drängte in sein Ohr. Eine Kopfnuss vielleicht, hastig und überraschend ausgeführt? Ein letztes Aufbäumen? Nein. Ardin hatte verloren, war geschlagen, und das wusste er. Er wollte lieber schlau sterben als stolz. Die Stimme war kaum mehr als ein Flüstern, doch Ardin kam es vor, als würden seine Sinneseindrücke um ein Vielfaches verstärkt, als würde sein Körper die letzten Momente so intensiv erleben wollen wie möglich. Kälte kroch in seine Glieder, in seine Brust, ließ ihn zittern.

»Was für einen Geheimdienst würde ich leiten, wenn wir nicht einmal die Mörder unseres treuen Königs stellen könnten?« Nicht der Gelehrte. Es war eine weibliche Stimme. *Jennifer, die Bardin.* Es gewann die Person, die ihre Rolle am besten zu spielen wusste. In einem Anflug von professioneller Bewunderung wollte er trocken auflachen, brachte aber nur ein leises Würgen zustande.

»Schhh. Gleich ist alles vorbei.«

Er verstand es jetzt. Es war alles eine Farce gewesen. Der Geheimdienst bügelte das Attentat aus, das er wahrscheinlich selber geplant hatte. Und Ardin hatte die brave Spielfigur gemimt.

»Falls es dich beruhigt, das Spiel war von Anfang an abgekartet. Ihr hattet nie eine Chance.«

Ihm wurde schwindelig. Sie hatte recht, bald würde er das Bewusstsein verlieren und alles war vorbei. Seine Körperspannung verließ ihn und die Frau, die ihn getötet hatte, ließ ihn langsam zu Boden gleiten, wo er Auge in Auge mit dem Gelehrten lag, dem so schnell die Kehle durchgeschnitten worden war, dass er noch nicht einmal hatte reagieren können.

»Hierher! Ich habe den Königsmörder gestellt!«, hörte er durch den Kellergang schallen, während sein Körper taub wurde. Dann, keinen halben Meter von seinem Weg in die Freiheit entfernt, schloss er die Augen für immer, nahm die letzten Fäden einer Verschwörung mit in den Tod, die für immer im Keller des *Alexandria Inn* verschollen bleiben würde.

Christopher Baumann wurde 1990 geboren und hat die meiste Zeit seines Lebens an der Nordseeküste gelebt. Er ist passionierter Bücherwurm, Gamer, Schachspieler und Seehundfan. Seit Anfang 2021 ist er schriftstellerisch tätig und erfüllt sich seinen Lebenstraum, eigene Welten und Geschichten zu entwerfen.

linktr.ee/Sealside

ODINE RAVEN

Zwischenstopp

»MEINST DU, WIR SIND hier richtig?« Die junge Frau mit den kurzen, schwarzen Haaren runzelte die Stirn und ließ ihren Blick durch die Taverne wandern. Im dämmrigen Licht der Kerzen auf den Tischen und in den Laternen, die in regelmäßigen Abständen an den Wänden hingen, betrachtete sie von der Eingangstür aus die wenigen Gäste, die gedankenverloren auf ihren Plätzen hockten. Der Mangel an Helligkeit schien sie dabei nicht besonders zu stören.

Eine geschwungene Neonschrift zierte zwischen unzähligen Flaschen mit offenkundig hochprozentigem Inhalt die gegenüberliegende Wand, und hinter dem Tresen gleich darunter wischte ein kahlköpfiger Mann mit einem Lappen über seinen schwach beleuchteten Arbeitsbereich.

»Klar«, erwiderte ihr hagerer Begleiter und blies sich eine silbergraue Strähne aus dem Gesicht. »Es hieß, wir sollen ins Alex kommen, und das hier ist ja wohl das Alex.« Er deutete auf das Neonschild.

»*Alexandria Inn*«, stand da in grellem Pink zu lesen.

»Falls wir überhaupt auf dem richtigen Server sind ...« Die Frau blieb skeptisch.

»Ja ja, wird schon passen. Sie hat gesagt, dass sich alle hier treffen und was trinken und mit Leuten quatschen, oder hast du einen anderen Chatroom entdecken können?« Er winkte sie weiter. »Gehen wir erst mal an die Bar.«

Sie ließen sich auf den Hockern an der Theke nieder.

Sogleich unterbrach der Barkeeper sein Tun. »Was darf's sein?«

Der Hagere grinste. »Gibt's 'ne Karte?«

»Nein«, meinte der Barkeeper und drehte sich leicht zur Seite, um auf die Wand hinter sich zu weisen. »Sucht euch einfach was raus.«

»Das kann 'ne Weile dauern!« Nun lachte der Mann mit der silbergrauen Mähne rundheraus. »Alma kann sich doch nie für was entscheiden!«

»Stimmt doch gar nicht!« Entrüstet knuffte Alma ihren Begleiter in die Seite. »Wie kannst du so was behaupten! Ich nehm einen …«

»Wir hätten auch Null negativ«, unterbrach sie der Barkeeper mit gleichmütiger Miene.

Die beiden auf ihren Barhockern starrten ihn mit offenem Mund an.

Nachdem die Schrecksekunde vorüber war, räusperte sich der Hagere. »Zweimal, bitte.«

»Sehr wohl.« Der Barkeeper zog von dannen.

»Isidor?« Alma starrte noch immer wie vom Donner gerührt geradeaus.

»Hm?«

»Woher weiß der das?« Ihre Stimme war kaum mehr als ein Flüstern.

»Keine Ahnung. Ist vielleicht so in diesem Alexandria Inn. Sie hat ja gesagt, dass es hier auch mal recht schräg zugeht.«

»Hm.«

Ehe die beiden sich über das auslassen konnten, was »sie« sonst noch in Bezug auf das Inn erzählt hatte, kehrte der Barkeeper zurück, stellte zwei silberne Kelche mit einer dunkelroten Flüssigkeit vor ihnen auf den Tresen – »Zweimal Null negativ, sehr zum Wohl« – und ließ sie mit ihren Überlegungen wieder allein.

Beeindruckt schwenkte Isidor den Trunk in der Hand. »Ölt richtig geil.« Tatsächlich hinterließ die rote Flüssigkeit einen öligen Film an der Innenwand des Kelches. »*The Good Stuff* …«

Daraufhin musste Alma kichern. »Ich hätte auch erst mal einen Gin Tonic genommen.«

Isidor nickte belustigt. »Das hast du von ihr, stimmt's?«, meinte er und trank einen Schluck. »Hmmm, lecker. Cool, dass es das hier auch gibt. Kenne nicht viele Tavernen, wo unsereins so aufmerksam bedient wird. Jawohl, hier sind wir richtig.«

Eine Weile schwiegen sie und nippten lediglich an ihren Kelchen.

»Ob sie schon hier ist?«, fragte Alma unvermittelt.

Er schaute auf. »Meinst du, sie kommt selber her?«

»Weiß nicht. Könnte doch sein.«

»Sonst schreibt sie uns aber bloß.«

»Sonst gab's ja auch keine Möglichkeit wie die hier«, erinnerte Alma ihn. »Ob das alles Leute wie sie sind?«

Neugierig inspizierten sie die Anwesenden, denen man jedoch leider nicht anmerken konnte, was sie her getrieben hatte und was wohl in ihren Köpfen vor sich ging.

»Da drüben vielleicht?« Alma zeigte unauffällig auf eine kräftige Gestalt im orangefarbenen T-Shirt weiter hinten, die mit dem Rücken zu ihnen saß und in einen Stapel Bücher und Skizzen vertieft war. »Halblange Haare«, untermauerte sie ihre Vermutung.

»Aber müssten die nicht blond sein?« Isidor schien wenig überzeugt.

»So wie deine silbern sind?« Sie kicherte in die vorgehaltene Hand. »Oder meine schwarz? Komm, Isi, was ist heute schon 'ne Haarfarbe für 'ne Aussage?«

»Dann guck mal genauer hin. Da liegt ein Wörterbuch auf dem Tisch, den Farben nach Französisch. Wenn sie das wäre, würde sie wohl kaum so was brauchen. Schließlich weiß sie, dass wir grad aus Frankreich kommen und gerne woanders hinwollen.«

»Da hast du recht.« Wie zu seiner Bestätigung zeigte sie auf den Paris-Schriftzug auf dem Schal, der der Gestalt von der Schulter baumelte. »Und sie würde vielleicht auch eher Schwarz tragen.«

Also nahmen sie den nächsten Gast unter die Lupe. Eine Frau mit knallpinkem Schopf kauerte nicht weit von ihnen über einem Notebook, dessen Apfelsymbol von einem lustigen Aufkleber ergänzt wurde. Auf ihrem T-Shirt prangte Werbung für eine Diskette.

»Die da? Von den Haaren her könnte sie sich das bei Chris abgeschaut haben«, meinte Alma.

Isidor überlegte. »Welche Chris?«

»Na, die Keyboarderin von der Band aus Schottland.«

Jetzt schien er sich zu erinnern. »Ach die! Stimmt. Schottland ist ihr Ding.«

»Hm, nee.« Alma zog Luft durch die Nase, als würde sie Witterung von etwas aufnehmen, und winkte enttäuscht ab. »Dann würde sie aber keinen Bourbon trinken wie die Frau da, sondern einen echten schottischen Single Malt.«

Er schnüffelte nun ebenso. Sogleich lachte er leise und wies mit dem Kinn in Richtung der Frau, die sich gerade eine Zigarette ansteckte und dabei skeptisch auf das Bourbonglas blickte. »Na, der scheint ihr ja auch nicht so zu schmecken. Und außerdem – vom Klapprechner her könnte es trotzdem passen.«

»Aber sie raucht doch gar nicht. Nee, das ist sie auf keinen Fall. Dann eher die Frau auf der anderen Seite, die mit der Klampfe. Macht *sie* nicht auch Musik?« Alma deutete quer durch den Raum.

Tatsächlich zupfte da jemand auf einer halbakustischen Gitarre herum und hielt nur kurz inne, um sich vom Barkeeper einen Mojito reichen zu lassen.

Isidor schüttelte den Kopf. »Sie kann gar kein Instrument spielen, schon vergessen?«

»Aber sie singt doch!«

»Ja, weiß ich. Aber mit 'ner Klampfe kann ich sie mir echt nicht vorstellen. Und überhaupt, wer sagt, dass wir nach einer Frau Ausschau halten sollen?«

Das ließ sich nicht von der Hand weisen. Genau genommen war an diesem Ort mit jeder Art von Erscheinungsbild zu rechnen.

»Dann kommen nur noch die beiden Typen da infrage«, erwiderte Alma mit einem angedeuteten Nicken.

Eine Weile beobachteten sie die zwei bärtigen Männer, die sich gerade angeregt miteinander unterhielten und dabei aus urigen Hörnern tranken.

»Wow, Met«, bemerkte Isidor mit Blick auf die ungewöhnlichen Trinkgefäße. »Da hätte ich jetzt auch voll Bock drauf!«

Nichtsdestotrotz nahm er einen gehörigen Zug aus dem Kelch und schloss für einen Moment genießerisch die Augen.

Alma folgte seinem Beispiel. »Vielleicht schickt sie uns ja hoch nach Skandinavien. Am besten Finnland. Da könnten wir bestimmt bei Samulis Mutter übernachten«, sagte sie dann.

»Aber hat er nicht erzählt, dass die immer so grantig ist?«, gab er zu bedenken.

»Stimmt ja, da war was. Schade. Das Gästehaus hätte ich mir gerne mal angeschaut.«

»Psst, hör doch mal. Was quatschen die denn?« Er spitzte die Ohren; sie tat es ihm gleich.

»Irgendwas mit Kurzgeschichten«, wisperte sie kurz darauf.

»Passt ja voll ins Alex«, erwiderte er auf dieselbe Weise.

»Und welcher von den beiden wäre das dann? Die sehen sich doch irgendwie ähnlich, findest du nicht?«

Isidor schien abzuwägen. Gewiss, die zwei waren mit einem üppigen Vollbart ausgestattet, aber während der eine ansonsten nur einen spärlichen Haarwuchs aufwies, trug der andere einen feuerroten Irokesenschopf, den er zu einem knappen Pferdeschwanz geflochten hatte. »Kannst du sehen, was der eine da auf dem Tisch liegen hat?«, fragte er leise.

»Der mit der dezenten Ragnar-Lothbrok-Frisur?«

»Nein, der andere.«

»Ach so. 'ne Kladde, wenn du mich fragst. Ein *Notizbuch*«, ergänzte Alma und kniff die Augen zusammen, um weitere Einzelheiten ausmachen zu können. »Ziemlich alt. Sieht aus, als wäre es angekokelt. Und bunte Kreise hat es.«

»Hm. Ich glaube, ich habe das schon mal wo gesehen.«

»Also mir sagt das nichts. Wann soll das gewesen sein? Und der andere? Hast du 'ne Ahnung, was das für ein komischer Krug ist, den er da auf dem Stuhl neben sich hat?«

»Sieht aus wie 'ne Urne. Mit Tierkopf. Kanope, oder wie die Dinger heißen.« Isidor nahm den letzten Schluck aus seinem Kelch.

»Du meinst, der hat seine Oma dabei?«

Jetzt kicherten sie beide hinter vorgehaltener Hand.

»Psst! Wir sollten nicht so laut sein«, besann Alma sich.

Schweigend ließen sie daraufhin ihre Blicke durch den Schankraum schweifen. In der Dunkelheit, die ja lediglich durch die Neonreklame und die Laternen unterbrochen wurde, fühlten sie sich unerwartet wohl. Der Ort hatte etwas Unwirkliches, doch auch das passte ganz zu ihrem Naturell.

Die bunten Gläser auf den Tischen, in denen die Kerzen still vor sich hin brannten, warfen nicht mehr als einen sanften Schein auf die Gesichter.

»Ob das was zu bedeuten hat?«, murmelte Isidor eher zu sich selbst.

»Was soll was …?« Alma konnte ihm nicht folgen.

»Die Farben. Von den Teelichtern. Die meisten sind gelb, aber halt nicht alle.«

Sie zuckte mit den Schultern. »Ist doch ganz hübsch so?«

»Fantastisch«, frotzelte er und ließ das Thema fallen.

Der Barkeeper brachte leere Gläser zurück an den Tresen und befüllte einen großen Humpen mit herrlich gluckerndem Bier aus dem Zapfhahn.

Alma und Isidor schauten ihm in Ermangelung weiterer Beobachtungsobjekte halbwegs interessiert dabei zu.

Nachdem er dem Gebräu eine perfekte Schaumkrone aufgesetzt hatte, brachte er den Humpen zielsicher an einen Tisch in der Ecke neben der Tür. Dort kauerte eine Gestalt, die sie vorhin offensichtlich übersehen hatten.

»Einmal unser Hausbräu, bitte sehr. Obacht, ist nicht nur würzig, sondern überaus stark!« Mit elegantem Schwung stellte er das Glas ab.

Der schemenhafte Mann nickte kaum erkennbar und zog den Humpen wortlos an sich. Dann brütete er wohl weiter über Angelegenheiten, die ihn beschäftigen mochten.

Isidor beugte sich zu seiner Begleiterin. »Könnte sie das vielleicht sein?«, wisperte er.

Alma schüttelte den Kopf. »Starkes Bier ist nicht so ihr Ding.«

»Und wenn sie jemanden geschickt hat?«

»Statt selber herzukommen?« Sie runzelte die Stirn.

»Oder eben … *anders* aufzutauchen«, gab Isidor zu bedenken.

In dem Moment rückte der Mann mit seinem Stuhl herum. Dabei fiel ein trüber Lichtschein auf einen Gegenstand, der an ein Tischbein neben ihm gelehnt war und nun überraschend aufblitzte.

»Mit einer *Streitaxt?!*«, fragte Alma entsetzt, denn genau darum handelte es sich bei dem beachtlichen Objekt.

»Oh«, kam es von Isidor.

»Und wenn wir sie einfach anrufen? So langsam müsste sie doch aufgekreuzt sein.«

Er schüttelte den Kopf. »Sie geht nicht dran.«

»Mist«, meinte sie. »Ich wüsste jetzt schon ganz gern mal, wo sie uns hinschicken will.«

»Abwarten. Wir haben Zeit.«

Dennoch zückte Alma nun ihr eigenes Handy und wählte den Kontakt. Keine Antwort, wie befürchtet. »Gibt's hier WLAN?«

»Machst du Witze? Wir sind ja wohl grad mittendrin! Zeig noch mal ihre Nachricht.«

Sie steckten die Köpfe über dem Gerät zusammen und scrollten durch den Chat.

»Darf's noch was sein?« Der Barkeeper hatte sich unbemerkt genähert.

»Einen Gin Tonic, bitte«, entgegnete Alma, und Isidor fügte hinzu: »Einen Met. Im Horn, wenn möglich.«

»Einen Odin? Mit dunklem Bier gemixt?«

»Oh ja, bitte.«

Der Barkeeper begab sich ans Werk.

Alma und Isidor sahen ihm erwartungsvoll dabei zu.

»Kommen hier eigentlich öfter Schriftsteller vorbei?«, fragte sie ihn schließlich und bemühte sich um einen möglichst unschuldigen Gesichtsausdruck.

»Fast nur«, erwiderte der Mann, ohne von seinem Tun aufzuschauen. »Sind Sie auf der Durchreise?«

»Sozusagen«, antwortete Isidor.

»Ah, dann schreiben Sie also auch?« Er stellte die Getränke vor den beiden auf den Tresen.

»Weniger«, erklärte Alma. »Wir sind mehr so die, über die geschrieben wird.«

Der Barkeeper nickte anerkennend. »Na dann – willkommen im Club!«

In einem Anflug von literarischer Verbundenheit prosteten sie ihm zu. Waren sie, die sie zumeist nur als Randfiguren in Erscheinung traten, doch nicht ganz allein unter all den realen Gästen hier.

Am Eingang tat sich etwas. Die Tür schwang auf, und herein kam eine Gruppe von Leuten in schwarzen Kutten, gefolgt von einer Frau. »Einmal *homebrewed* Limo für meine Jungs und mich!«, rief sie dem Barkeeper zu, der daraufhin lediglich nickte und sich daran machte, die gewünschten Getränke bereitzustellen.

Alma stupste Isidor in die Seite. »Du, das könnte sie doch sein, oder? Ob wir mal den Barkeeper fragen, wer das ist? Der scheint sie ja zu kennen.«

Sie schauten zu, wie sich die Gruppe an einem der Tische niederließ. Dabei richtete die Frau das Wort an die beiden Männer mit den Trinkhörnern, woraufhin der eine den Stuhl an seiner Seite freiräumte und ihr zuschob.

»Abwarten«, meinte Isidor nachdenklich.

Sie waren ganz in ihre Beobachtung vertieft und merkten gar nicht, dass sich jemand zu ihnen an den Tresen gesellt hatte. Erst, als diese Person die Stimme hob, wurden sie hellhörig.

»Ich nehm einen Merlot, bitte!«

Die beiden Vampire fuhren herum und starrten die unscheinbare Gestalt an.

»Wartet ihr schon lange auf mich?«, fragte diese nur und schaute geheimnisvoll lächelnd zurück. »Ich habe mich jetzt entschieden und habe eine tolle neue Geschichte für euch. Wollt ihr wissen, wohin ihr zwei bald reisen werdet?«